Xiron Poetry Club
磨铁读诗会

五万言

韩东 著

四川文艺出版社

目录

第一部分　写作、创作、工作（2010—2014）

最好的游记是异邦人写的

最好的游记是异邦人写的，最好的乡土小说也一样。因为有生活于此的人所没有的敏感，有对陌生事物的热爱，还有无知造就的想象。

用自己的语言说话、口对心是最基本的，是诚实也是真实的一个前提。

文学作为一种艺术就是鼓励说不同的话，说你自己的话。

鉴别一位写作者是否自觉，要么他用自己的语言说话；要么他的语言方式是有传承的，但这种语言方式已经不那么热门，甚至于冷僻。对我而言，他就不是在人云亦云。

好歌胜于一切，为什么还要写诗呢?

为何要保卫诗歌? 需要保卫的诗歌不堪一击，不保护也罢。

....

对一个“怎么写”已经具足的人而言，“写什么”自然更重要。

“怎么写”已经具足指什么？就是说已经有了自己的一套写法，并行之有效。

一代人执着于“怎么写”，这没有问题，但“写什么”却被一再忽略。后者也是阅读和进入写作的一个重要视角。“怎么写”一头独大是有其背景的，因为对“文以载道”的反驳。反驳和思想上的厌离让我们付出了代价。

1. 开始写作时的焦虑集中于“写什么”。紧接着，2.“怎么写”被提上了议事日程。一些人滞留在这一阶段。3.“写什么”的问题再次被触及，但已经不是当初的“写什么”了。阶段不同，涉及的问题已然不同。

大格局的情形也一样。古典时期的重心在于“写什么”。现代主义以降的焦虑在于“怎么写”。如今是否又回到了“写什么”成为某种共识的时段？

有志于文学的初学者关注“怎么写”，但如果你弄笔十年以上再纠结于此就没必要了。“写什么”理应再次成为重中之重。当然，这两个问题属于一体两面的同一个问题，但毕竟有两面。关于写作的目的、方向和致力方式需要不断地来回反省。不假思索的惯性或者为其惯性的辩护不可取。

·········

多读多写的道理在于，小说和小说自成一个世界。要沉浸于这个世界，学习这个世界的语言，做这个世界的公民。对一个写小说的人而言，现实世界的作用要小于小说世界的作用。

从小说到小说是必然的，传统就是你作为一个小说家的来源。小说艺术的立足点在小说传统与现实历史之间，其间的张力使你有所作为。这就像坚韧的生命体现于遗传和环境之间的对峙、交换。

从小说到小说是所谓小说的正宗。

卡夫卡的非现实性就是他满足于小说世界，却构成了对现实而言的尖锐的隐喻。中国古典小说也是在小说世界里自成方圆、自得其乐。

对小说写作的现实主义的要求是无理的，就像对它信息量的要求、思想力度的要求一样，是不着边际的。

一本新小说孕育于旧小说，当然必须与新的发现之间构成张力。

形式主义声称创造了新的从未有过的形式，现实主义声称以崭新的未被文学化的现实为依凭，二者都想摆脱文学本身的出身，同时又都想成为未来文学的父母。这是相当错乱的逻辑。

极端主义、纯粹主义、教条主义即使不是文学的敌人，也是其冤家。不是冤家不聚头。

没有生活过的人（假使有这样的人）就不能写小说了？也许，更有资格写了。但，没读过小说的人真的不能写小说。没读过好小说的人也写不出好小说。

对所谓现实生活的迷信，对知识信息量的迷信，以及对思辨分析的迷信构成了我们对小说写作的外行判断。对一个有热情的初学者而言，则形成了心理障碍。可以有生活，可以有知识，可以有思想，但也可以没有。这些储备和能力可以在正常人的水平之下。但你是写小说的，写的是小说，又怎么能不读小说？怎么能不昏天黑地地读？

……

在自己的水平线以下写。拔高、吊着写的感觉比较碍事。降下来。简言之就是，庸俗是一种解放。敢于庸俗是技巧也是智慧。如果你真的写得很庸俗，那你就是一个庸俗的人，又何必掩饰？真有特别的地方，与庸俗共舞只会增加你的魅力。

试图高级也是一种功利。高级可以达成，但必须降低。一如人生。“跌到高处”。

虚荣、卖弄几乎是与写作共生的敌人。读一流的书，写二流的小说，应作如是观。但很多时候，我们读三流的书却试图写一流的小说，写出来的往往不入流。

写作时的激动有时很可疑，你不是被所写的对象激动了，而是被写得如此绝妙所激动。判断来自何处？因为有一只虚荣的镜头看着你。去除写作中的这种“镜头感”的确很困难，但也许必要。写得太激动的时候应该适时地走开。

虚荣可以，但什么时候该虚荣，什么时候不可虚荣，不仅观念上要了解，身心也得跟进。这就需要训练。场面上当然会有虚荣，但私下的，比如床上的虚荣就很可怕。文学说到底是你进入一间密室，呈现密室是作家的工作；但由于虚荣，呈现出来的东西可能会非常表面化。

谈及具体的写作过程，有些东西是迷信，有些则是真知。比如，只能站着写不能坐着写，只能用钢笔不能敲键盘，没完成的时候不能向人说起……这些都是迷信（当然，迷信对个人而言有其意义）。但有些东西却是真实可信的，比如，写到感觉还能写下去的地方停下来，第二天接着写。

也许理想的状况是，像写日记一样地写小说。写日记时我们比较少虚荣，日记是给自己看的，不会因某些文辞而得意，也不会因为笨拙而沮丧。

………

有一种文学语言是示意性的，传达意思即可，此外它要求灵活和节奏（舒服和活泛）。准确性和逻辑之类不在考虑之列。例如章回小说的语言。

中国古典小说值得学习的有三。1. 散点透视。2. 示意性语言。3. 从小说到小说。西式现代主义以降的小说值得学习的亦有三。1. 主题的创意性。2. 整体性构造。3. 个人化。

中国古典小说的问题在我看来也有三。1. 主旨老套。2. 散文化。3. 排斥个性。西式小说的问题也有三。1. 科学主义的焦点透视（虽通过拆分加以丰富，但毕竟僵硬）。2. 语言难以摆脱工具主义的羁绊，无论是客观写实，还是意识描摹，总难显跳脱。3. 过分严肃导致的虚假责任。

某些时候，写文章就是一种“翻译”，把专门、无趣和隔膜的成分翻译成普及、有趣和近人的。反其道不可取。

现代诗的本质是自由，困境亦然。怎么写都可以，但需要某种来自个人的创造性的秩序整合相关因素。任何自外部建立秩序的努力都有违现代诗的根本。古典诗歌也需要来自个人的创造性的可能，但它的难题是在“不自由”中开辟道路。

读完《1Q84》，两点体会。1. 好小说和坏小说只有一步之遥，此书在二者的临界点上。2. 想象力堪比美剧《迷失》，是祸是福？我不是说《1Q84》比坏小说好一点，而是说差一点它就成了坏小说。

读北岛的《父亲》，很喜欢。北岛并非通常意义上的天才，他是匠人或苦力式的作家，这是我尤其喜欢他的原因。自觉的写作者理应自觉的部分就是去天才，回归手艺和制作。

应该每天写

应该每天写，这是增加敏感性，也是降低敏感性，增加手的敏感而降低判断的敏感。不利于写作者的情况是，手生而不敏感但判断敏感以至于过敏。这里的确存在此消彼长的情况。所谓讷于言而敏于行，不是说不说了你就能写，而是写了就无须再说。

写作过程中尽量让你的手去思考，头脑的工作尽量消极。头脑最大的任务是阻止妨碍手思考的因素。一个积极判断的头脑是有碍写作的。

三十岁的时候我推崇天才，四十岁仰慕大师，如今我只向匠人脱帽致敬。

在我们这里有天才和自诩的天才，有大师或预备大师，只有匠人寥寥无几，一般来说大家也比较不屑。

匠人是这样一种存在，如果你平庸也会发光，如果你是天才那就光芒耀眼。

写作可以职业化，我的意思是就像上班一样。它不应该是一件特别的事，而是日常之事。不写作对写作的人而言才是特别的，可以这样去体会。否则每写一篇东西都如临大敌。尽量做到日常、平常，做到不假思索，甚至做到机械和自动。

不要为写一篇好东西而努力，而要为随便写一篇好东西而努力。目标不是好东西，是那个“随便”。写作人生就是一个“写”字，好东西出于意外。

眼前有无价之宝，不该你拿你拿不拿？拿，那还用说吗？我想持这种态度的人不在少数。但一般而言，当你伸出手去就知道拿不着了。只想拿好东西是一种写作态度，从不问你凭什么。我认为写作的目的至少不完全在这里，不在于要占个大便宜；或许在于剥离了目的的人生，剩下的是一个可以有所作为的过程。

无论体制内、体制外，网上、网下，流行的大多是天才式的散文化写作，一稿成，成败在于临场发挥。似乎这是不言自明的。写作亦可以成为一项工程，是有流程的，有工序之美。前期、中期、后期……至少通过写作建构作品的意义在这里。

前面拉着你的力量和后面推动你的力量是不同的，在写作中这种感觉很微妙。实际上，源源不断的是来自你身后的推力，似乎所写不受控。而前面拉着你的力量，比如某个目标或某种标准，像要把你给掏空了。越写越感觉无限，就是背靠你身后的推力了。越写越艰难，感觉无以为继就是拉力已经失灵。

……

运动员讲状态，写小说讲究无状态。无状态，亦无事，饱满沉实而后自然流泻。时间一刻一刻地过去，与时间同步，不要超前。写作就是度过时间。

身体是写作的条件。安静的身体比较适合写小说，安静既指身体也指心理，身心条件。为完成一部巨著把自己写死那是开玩笑，愤怒出诗人那也只能出差诗人。写得不能自已、号啕大哭太业余了。

身体有阴阳两面，阴指本，阳指用。阴是固定资产，阳是流动资金。不少人用阳在写作，而阴虚弱不已。阳亢是普遍流行的文风，也是一代人的身心实况，但根本上说是时代的病兆。

写小说是度过时间的方式，不是成功的方式。是一人独处不至于孤僻的方式，不是和众人分享荣耀的方式。

写小说是专业，学者的优势一无所用，就像官员的优势一无所用。学者、官员的认知偏差倒在其次，可怕的是来自作家群体的主动献媚，置专业荣誉于不顾，使藐视写作的人有可乘之机，以为那是凭借余勇便可成就的事。

发生了很多事，要在局限的时空里加以表现，于是就需要编排。所谓的戏剧化便是指此。局限的时空或者尽量压缩的时空是获得戏剧性的方法之一。信马由缰的小说是建立在散漫的时空之上的，模仿时间的自然流逝。那是另一路。

编剧是对小说写作最好的训练。前景、现在时、对白、局限的时空、戏剧化构造、再现而非叙述等等。有一种看法是，写小说的天然可以胜任编剧，我不以为然。但好编剧起码可以写出合格的小说。

都不愿意从最基本的开始，按一些人的说法，要蒙就蒙个大的。关于小说写作，至高点谈论得太多，最低点（必须达标的范围）很少有人感兴趣。不可为的大家都在为之，而可为的都不屑一顾。真的是满眼皆天才，看不见一个老实人。老实人被自卑窒息，天才被幻觉引领。都是设计大师，不见缝衣匠……

一个绝对不能完成的任务是一个好任务，比如印第安酋长疯马的雕像，穷其一代人或几代人的一生都无法完成，于是就认了。而我们的任务一般来说是可以完成的，完不成就根本不干了。所以说，这是一个由目的、效果、结局左右的世界，因此难觅伟大。

渴望即时性的效果伤害写作，使作品的质量直线下降。就此而论，写长篇是一种磨炼。但长篇还不够长，还有结局，并且由于投入过大，对结果的渴望也相应增大。如何将对结果的渴望转向对正在进行中的工作的渴望？就像不是爱上了某人而是爱上了爱本身。所以说写作是修行，或者可以是修行。

小说就是要世俗，人间烟火，温暖人心。不世俗，小说就否认了起源，也缺少缘起（对一篇具体作品而言）。《金瓶梅》世俗，《红楼梦》世俗，巴尔扎克、福克纳、辛格、雷蒙德·卡佛无不世俗。世俗不是庸俗。正是庸俗之人的避俗才产生了平庸、可怕之作。

小说不是虚构一个和这个世界相似的世界，而是呈现另一个世界。所以说，虚构没什么了不起，不虚构也没什么了不起，另一个世界的特质是关键。甚至，这个"另一个世界"可能是业已存在的，只是等待被揭示。

满足于这个世界的人不读小说。探究这个世界的人只读现实主义。逃避这个世界的人喜欢超现实主义。我所希望的小说读者至少对两个或者两个以上的世界感兴趣。

一个人不可能不读小说，好在今天我们有电视剧可看。电视剧就是这个时代的小说，它的普遍水准要高于当代小说。这是公允之论，但有人不爱听。

········

文学创意是这样一种东西，无论你写成小说、拍成电影或者排成戏剧，或经过翻译，都不会丢失。创意是经得起转换的，有时候它的价值就在于可供转换。

这代人大多缺乏创意的概念，他们喜欢说"故事"，相形之下，故事的概念比较暧昧，也等而下之。

创意不仅是故事，甚至可以不是故事。它是核心构造，不可以被抽走，甚至不可以被改变（在“载体”变化时不变）。创意是可以转译的，从小说到戏剧到电影……它具有原生性、原型性、生发性，就像酵母。好的创意张力十足，巧妙而天成，能够凝聚能量，吸引想象。

故事的概念是线性的，创意则凝结成一个点，供发散、爆裂之用。

自然时间里有故事，但无创意。创意里有自然时间，但超越时间，不依仗时间。

创意不完全是戏剧性，比如《雷雨》的戏剧性就很强，但创意很弱；也不完全是故事，比如金庸的小说，故事强悍，但几无创意；也不完全是情节，比如《水浒》，情节惊心动魄，但并不要求创意；也非细节，比如《追忆似水年华》，是伟大的细节文本，但与创意无关。当然，像如下的构造却是典型的创意：一个老人打到一条大鱼，费尽千辛万苦拖回海边，却被鲨鱼吃得只剩一副骨架（海明威《老人与海》）。

……

修改小说，仍然需要顺从时间的流逝，就是说要一路改下来。就像油漆一张桌子，是一遍一遍地上漆，最好不要一块一块地涂抹。

当然可以多改几遍，但每一遍都应从头至尾，并允许过程中的不尽如人意。

在一个大的“气场”中是允许有瑕疵的，甚至可以将欠缺变成某种优点。这和粗制滥造无关。就好像手工产品总是有个人印记，就算不规范也优于机械制造的光滑平整。

不修改就是将自己变成写作机器，满足于机械作业。很奇怪，你花了多大的力气是完全可以看出来的。说到底，写长篇是一个力气活儿，不仅体现于宏观规模，甚至，也许是更重要的，体现于你对每一部分的尽心尽力。

修改非常必要，但有其方法，需要尊重工序流程。只有在流程中，我们才不是机器，是掌握了机器的人。

忆明珠曾对我说，在修改的时候他才觉得是在写作。这是得道之言。

………

很想写诗，但不想像以前那样写了。五十岁的人写的诗应该是什么样的？招魂也招不来逝去的状态。唯有诚实，才能广大。

某种艰涩、质朴、幽深、广大、严谨和玄妙之诗令我心向往之。

写作需要老师，但和传统的宗派或行业传承不同，你最好不要认识你的老师。即便认识了，也应该了解对方是否需要你。如果他需要你成为他的学生，那就凶多吉少了。这件事上只有你需要他而非他需要你的份儿。

纯文学不应有天然的优越感。高级形式下掩饰的平庸，有时比赤裸的平庸更可怕。

简朴不是可以追求的风格

简朴不是可以追求的风格，但的确是最高级的语言呈现。在追求之下，很可能只有“简”而没有“朴”。简朴是诚实、专注、自由开阔的语言反映，是其副产品。

现代汉语很适合写诗，不仅因为它的根子是示意性语言，也因为两个字和四个字所组合的词语具有天然的节奏感。但迄今为止鲜有了得的诗人出现。虽然原因很多，但我认为很重要的一条是缺乏对这种语言的信任。要么削减其容量以求所谓的纯粹，要么以翻译为依凭改变其天然构造。说汉语伟大也都是嘴上说说，真的信任、依托的人不多。

转向对象吧，要明白，你真正要写的东西大于你表达之欲的种种可能。

一个写小说的，兼做历史学家可谓双重的背叛。在“真实”高于一切的今天需要重申，文学是理解真实而非真实。更何况真实已堕落为资讯，资讯已沦为谈资。

写回忆“他们”的文字有感。经得起回忆的东西如果不是真正的惨痛，就只有荒谬可笑。而“他们”并无真正的惨痛，这真是太好了。

在写作上，你能自我肯定的只是你尚有自我否定的能力。

如果你不是凭借一点本能在写作，写作这件事同样是“学无止境”的。笨拙一点的人、小心翼翼如履薄冰的人、处处留心并爱琢磨的人适合干这活儿。

重力使光线弯曲。在诗歌中，语言的弯曲也由一定的质量引起。但我们经常看见试图摆脱质量或者重力的作品（语言直白乏味），或者故意弯曲语言的努力（因缺乏质量或重力，实际上弯曲的只是词语，并非语言之光）。

简言之，诗歌是自然的做作之语。一些人只知道做作，但不谙自然之道；一些人只知道自然，但不知诗歌之道。这二者都是在说语言层面的事。语言层面之外的事也在技艺之外，另当别论。

用数量证明诗人的存在不可取。应用质量或者“异质”来证明诗歌的永恒存在。

用数量来证明诗人（我）的存在，抑或用异质来证明诗歌可能的存在。

有人问，为什么非得有故事不可？《圣经》就是故事，《福音书》

就是故事。你以为呢?

对同一类东西的阅读的厌烦是必要的，否则写作的动力何来？只有你相信有不同的好东西，那个东西才会出现。

你可以写一种诗，但最好不要只喜欢一种诗。你也可以只喜欢一种诗，但最好不要喜欢你写的那种诗。我觉得应该相反，写一种，但喜欢多种；或者只喜欢一种，但绝不是自己写的那种。如此，写诗这件事才会变得有趣，也可免于自我中心的偏执。

在艺术这件事上寻求同一的道，不仅枉然，也是违背艺术之真义的。在这件事上只有不同的特殊方式，并无一致的评判依据。法官该死，而囚徒得以新生。如果是反过来的，有艺术的终极法庭存在，我肯定背包走人了。

唯一可能的评判是你有没有你自己的依据？你是否遵循了自己？是否集中了足够的精力？以及你的怪癖是否得到了执行或者有无机会得以表达？我们只会根据你来判断你，不会根据时尚、风气，或者至高原则来判断你。

总写一类东西让人厌烦。那根针越磨越亮是没错的，但亮到最后呢？有一种坚持是因为曙光即将莅临，有一种坚持是僵而不死。所以，挺住有时并不意味一切。马原说得好，只有死亡每次都是新鲜的。

·········

王小波是当代文学最重要的遗产，不仅因为他写作的质与量，也因为他这样的人曾经存在过。世界观成熟，视野开阔，以文学写作为己任，专注投入。冷静理性的批判取代了非理性的愤世嫉俗，将肤浅的讽刺改造成一种面对荒诞的幽默。他的确超越了自己的时代，不是说在它前面，而是在上面。

喜欢布考斯基，酒鬼、堕落分子，却心安理得而且幽默。国产的布考斯基大多是待价而沽的角色，确有区别。

苏珊·桑塔格评论薇依病态，那是一个什么概念？用以描绘薇依毫无意义。又说很少有人能真正分享薇依的思想，还说她相貌不迷人，身材不出挑……如果用苏珊·桑塔格的方式说，这不过是一个有才智的女人对另一位天才女性望尘莫及的忌妒，除此之外我没看见别的。

薇依离世时三十四岁，苏珊·桑塔格评论薇依时也是三十四岁，可以想象某些事。智力、年轻，又同样身为女性。但薇依的思想超越了性别。苏珊·桑塔格不仅是一个知识分子，而且是一位女性知识分子（没有贬义），很可能这也是她容易获得原谅并广为传播的原因。

吕德安赠我他的诗集《适得其所》，里面的诗基本上是在和国内诗歌圈隔绝的情况下写成的，味道非常特别，但非常之好，卓越不凡。既好又特别的诗在今天真的很少见。

写得不一样，又卓越不凡，这就是吕德安。所谓的圈子，不仅指一些人抱团，也指某种固定的写作习惯和阅读趣味，的确需要“异质”的进入以开拓空间。但话又说回来，真的具有异质又何需圈子?

这么多年了，吕德安在圈子里没有混个脸熟，而是越来越不熟了。当年他的写作如此令人侧目。但有诗为证，作为一个好诗人，时间并没有白白地过去。

据《流动的圣节》[1]，海明威清晨即起，去一个咖啡馆写作。这是一个白天写作的人。也的确难以想象海明威的那些文字是夜晚写成的。你的书是白天还是夜里写的，肯定会有所不同。是否可以这样形容海明威：一个伟大的白天写作者?

....

在写作中，敏感是第一义的，判断等而下之。可惜的是，敏感不是随时都有，而判断始终如影随形，我们用它来填补敏感丧失造成的空白。而当敏感真的降临，判断就像不能见光的鬼魂唰地溜走了。

1 《流动的圣节》（*A Moveable Feast*），海明威经典散文集，也被译作《流动的盛宴》。

敏感的降临和是否自信有关，和身体状况有关，和不那么功利有关。

敏感就是直觉，就是潜意识层面的活跃，就是第三只眼。

因此，作家和巫师一样，需要训练。和巫师一样，那是一种通神的训练。宁静的心、信念、忘我、体能以及对时机的把握，诸如此类。

海明威说，在你觉得还能写下去的时候停下。这就需要意志力方面的训练。

谈到感觉，很多人以为是放纵、放逸，那是错误的。围绕感觉的源泉，有很多强制性的限制。为那一点点飘忽不定的自由，必须做到训练有素，以便承接。

就我而言，写作的最佳状态是清明。神志清明，身体感觉良好。清明的时刻也会有谬误，但那是清明时的谬误，也许必要，甚至会大放异彩。写作的目的不是正确。昏昧时的正确远不及清明时的谬误，很可能只是敏锐丧失后的一个借口。

....

说到文章的完美，有人说，一个字都不能改。如果真有一字不可易的文章，那肯定糟糕至极。

伟大的文字不仅可以改，也经得起改。经得起改写、翻译、误读。按博尔赫斯的说法，具有不朽的禀赋的作品经得起印刷错误的考验，经得起近似译本的考验，也经得起漫不经心的阅读和不理解……在变换中释放能量，甚至运行能量。

只有糟糕得不能修改（已无修改的意义），绝无杰出到不可修改。伟大的经典就是放在那儿让后来者修改（或者误读）的，也的确被涂改不休。涂改不休仍然耐读，这就是经典。

要写一部经得起修改，别人也愿意改动的作品，而不要写一部一字不能易的东西。

博尔赫斯是盲人，只写短东西，一般是先打腹稿再加以记录，可谓字字珠玑。正是他告诉我们："具有不朽的禀赋的作品经得起印刷错误的考验……"如此更具有说服力。

....

作家可分为两类：一类是作为艺术家的作家，一类是作为公共知识分子的作家。作为公共知识分子的作家以社会正义为己任，在中国这是一个新类型。而作为艺术家的作家在中国不仅是新类型，甚至不存在。公共知识分子有对立面，在抗争中壮大和净化自己。艺术家的对立面是他自己，在中国现阶段属于多余人类。

关于所谓良知，所谓象牙塔，这类问题上始终存在着一种似是而非。似乎作家的根本价值来自对身处社会的责任。的确有责任，但对艺术家而言那是双重的，对社会的责任以及对他工作的责任，不可混为一谈。执意合二为一就会导致屈从。作为艺术家存在的前提就是不屈从，无论是面对来自哪方面的压力。

面对社会不公，你可作为社会一分子发言或行动，但不必作为作家或诗人。作家不仅体现为某种社会影响力，更重要的，他是特殊领域里的劳动者，就像工匠或技师。历史由英雄豪杰创造，但那些艺术或思想方面的成就无一不出自具体的劳动者，没有这些何谈文明？若加以剔除，剩下的只能是一部血腥史。

古人也曾立志，为子孙创造美好之社会，但我们从他们那里继承了什么，又是如何受益的？这暂且不论。另一些古人立志，创造无用的游戏或者玩意儿，真的创造出来流传至今，我们仍爱不释手。虽然人各有志，但你总不能说只有美好社会的缔造才是作家理应致力的正道。

诗歌中有语气

诗歌中有语气，或者说腔调，但还是“语气”一词比较好。在语气中，说话的语气是最自由和本质的，最能体现个人的独特性。有歌唱的语气、吟诵的语气，还有散文的语气，但说话的语气是我的最爱。

散文中也有语气，但相对不重要，语气却是诗歌的宿命。可以说诗歌以保留语气为己任。语气，气也，气息也，它将透露出惊人的东西，甚至一切。

········

并无商业小说和严肃小说之分野，只有读者的小说和作者的小说的区别，但在其极端上同样都包含危险。读者小说的极端就是僵硬俗套，作者小说的极端则是某种封闭的自恋。在两个极端之间是我认为的小说写作的自由天地。

小说写作的“中道”是困难的，各执一端相对容易。这容易首先体现在效果上。极端的读者小说有市场的保证，极端的作者小说则有所谓学术认可，二者都能带来现实利益（金钱和荣誉）。

读与写的关系是一个重要问题，牵扯到写作的意义。但为什么那么多的人很轻易地就做出了判断？要不声称，读者超过一百就算失败。要不说，有一百万人爱读，你能说不成功吗？其实这里并无思考和价值估量，只是进行了选择。于是就有人成了拒绝阅读的专家，而有人成了直捣阅读心理的专家。

在读者的小说和作者的小说中皆有真理，但在其极端上皆远离真理。有价值意义的创造是在由极端划定的区域内进行的。

读者小说有上千年的阅读史和接受史所确立的教条，作者小说有近百年的写作史和小说实验所确立的教条。如果除去教条，二者皆包含真理或者真知。

应该对小说边界有所了解，真切地知晓极端所在，在读者小说和作者小说的极端上看见、知道或者经历过一些事。对我们这代人而言，作者小说的极端可谓感同身受，但如果从一个极端导向另一个极端，还是无法解脱。追随极端和教条，试图一劳永逸地思考才是症结所在。

真正优秀的读者小说一定不是极端的产物（只求卖得好、读者多），真正优秀的作者小说也一定不是极端的产物（完全不可读，除了自己和个别专家）。真正优秀的读者小说一定不会屈服于读者，就像真正优秀的作者小说一定不是为了“我”的一己之乐。以背叛各自的极端为前提，才可能优秀。

倒因为果。看见读者少却依然优秀的小说，就以为如果读者更少就会更加优秀；看见读者多却依然优秀的小说，就以为如果读者更多就会更加优秀。于是我们就专门冲大众（具体的读者已化为人群）而去，或者冲专家（人性的读者化为评判权威）而去。

作为一个写作者，实际上并不存在市场写作和精英写作两难，存在的是一劳永逸地逃向某个极端上的危险。极端意味着创造力的窒息。而中道并不像看上去那么容易，立足之处有如刀刃，不落于两边。

为少数人写作和为多数人写作同样，和写作的意义并不相干。极端主义试图一劳永逸地跨越矛盾，但从来没有这么简单的事，更没有这么简单同时又这么高级的事。

必须有读者和作者，纳入这个循环，作品的意义才可能实现。高级的读者是什么人？低级的读者又是什么人？这不是问题的要害。要害是，你以什么样的态度去写，读者又以什么样的态度去读。

圣经和佛经都拥有最广大的读者，难道因为这一点它们就很低级吗？当然，也不会因为读者众多它们就更高级。所有的这些都是不相干的。为少数人写作到底是什么意思？为多数人写作的虚妄已被一再揭露，但愿不是为了加强另一极。

一个成功的作家和一个好作家是两回事。时代的成功者往往会投靠一个极端，但好作家不是这样。好作家的固执不是选择一个极端，而是放弃选择和站队，因为有更重要的事要做。

当代文学（主要指小说）似乎没有真正意义上的流派风格方式的争艳，只有单调乏味没有实际内容的两个主流阵营的对峙，即所谓的严肃文学和市场文学的对峙。

········

文学的衰落从某种角度说，是由于社会智力投入不足。最聪明的头脑都奔最大利益的行当而去。

诗歌是剩余精力的产物。因为无实际利益可图，保证了它的纯洁。这就是诗歌比其他文艺创作更深入的原因。

故事是生活的寓言，在有限的篇幅里浓缩了人生。一个好故事会带给你很多，但最重要的是对生命存在删繁就简的体认。

最令人羡慕的写作才能不是标新立异，而是化腐朽为神奇。

乌青为人所知是好事，他写得别致，更重要的是坚持。一根筋一条道。你说那不是诗，是你无知，但如果你说那是唯一的诗歌写法，也是无知。乌青写的是诗，心无旁骛更成就了天才壮举，只是不要那么严肃和肃杀（不是说乌青）。

同样是短篇集，也都是处女作和成名作，我认为胡诺特·迪亚斯的《沉溺》要强于麦克尤恩的《最初的爱情，最后的仪式》。后者在中国名气要大得多，这主要是因为营销，因为余华作序。《沉溺》达到的短篇高度也许可以和海明威、胡安·鲁尔福或者卡佛比肩。

《沉溺》具有可怕的抑制之美，抑制悲伤，抑制兴奋，甚至抑制抑制本身。那股劲道如无言的破碎。相形之下，以诱惑为目的修辞不免拙劣。就像深沉是爱的定义，也许抑制就是美的定义。

塞利纳至今为法国正派人士所排斥，因其历史上的污点。到处都一样，都有所谓的政治正确，都讲究出身。主流社会的愚昧和伪善是普遍的，自由世界也如此。另一个例子是布考斯基。

博闻强记在小说写作中不起决定作用。关于小说写作的真知只是写作本身的知识，只体现在写作中。这么说吧，小说是知识本身，不是知识的容器。

小说的品质由作者的世界观、经验，乃至技术方式等等决定，而和有关信息量的知识学问关系不大。

文学至高的境界是朴素，达标者就我所知大概只有陀思妥耶夫斯基的《死屋手记》。不是太困难，而是根本不可能。即使是陀思妥耶夫斯基，也不过是天才无为之时才能成就之，可一不可再。

朴素非天然，更非自然，它是精神赤裸的表现。无精神身体者，如何赤裸？朴素或曰赤子之心。天然，或者自然而然则不涉及主体。

有效的赤裸就是移植，将灵魂的敏感移植到笔端。我很佩服那些靠笔思考的人，不下笔时呆若木鸡，一旦下笔有如神助。我们以为的潜意识的东西不过是转移无碍。

诗人的敏感再怎么强调都不为过，只是不能敏感到无法下笔。如果出现这种情况，是另外的东西（而非敏感）干扰了他。所以说，有的地方应该皮实，油盐不进；有的地方得敏捷得有如鬼魅。

熟练在刚开始的时候有意义，后来就形成了定势。只有在你还感到新鲜时才有灵魂出窍之感。对新鲜的渴求不一定就是喜新厌旧，而是避免麻木。读、写皆然，靠一次又一次的死而复生完成。当我们彻底遗忘，才有资格再次捡起。

一些东西你觉得好，但就是写不出来。你只能写出你能够写出的东西。既满足于这一点，又不满足。接触并认同不可企及的东西有一个好处，就像每次旅行归来都会变得更健壮一些。吃什么长什么没什么道理，无论你吃什么，都只能长成现在这个样，但不吃不喝显然不行。不要预订自己，但应该养育自己。

写作者的骄傲还是骄傲

写作者的骄傲还是骄傲，只有自卑者终成大器。在写作这件事上，只有你的自卑是值得一提的，它给你动力，让你知道天高地厚。写作是道，知耻近乎勇。

写诗比写小说强，写小说比写剧本强，写电影剧本比写电视剧剧本强，如此排序不知道是什么意思。我的问题是，为什么不能把它们当成最强最有潜力的事情做？知道差劲你还干，那就不可原谅。无论如何你都得全力以赴，不是吗？

有一种文字，让你佩服，产生自卑感，觉得自己写不了。而有一种文字读了以后，觉着容易，我也能写。我更认同后一种，觉得容易，但真不容易。文字不是用来吓唬人的，它让你产生幻觉，包括我也能胜任的幻觉。

运动员和球迷是两回事，写作上也一样，写作者和爱好者是两回事。你读再多的书知道再多也没有用，基于阅读产生的自信不说有碍也相当可疑。不知轻重的抱负和对当下写作的蔑视往往由此而来。

若说纯粹，我知道的诗人中小安是一个，是纯粹而不是纯粹性。

后者一般要和某种姿态联系起来才能理解。小安是一个无姿态的人。

姿态和立场一样，操作中有其实际效果，进可攻退可守，就像外在于我们的铁，既可作为盔甲也可作为武器。对弱者而言，提供了一种保护，面对强敌就是枪矛。因此姿态之类总是对立的、分明的，富于战斗意味。

我并非完全不赞成写作中的姿态。当它为弱者所用，就是好的。甚至我也很欣赏圈子的氛围，互相支持、取暖以至于激励。但当姿态变成进攻或取而代之的欲望时，它就成了一件坏事。特别是当这种欲望不仅是欲望，并有可能实现的时候，姿态之恶便暴露无遗。

诺奖很好，一个超大的奖，本意应该是褒奖作家、激励写作，而非为文学树立标杆（文学的标杆是由作家树立的）。但竟然会引起我们如此强烈的情绪，在巨大的声名前面好像大家都成了傻瓜。

好的文学往往产生于害羞的人，孤独的性格，忧郁敏感的情绪。在一定程度上这是一种鉴别。好的文字或许可以恣意妄为，但好的写作者周围多半酝酿着某种特别的气氛，内敛、神秘，甚至于某种略带性感的诱惑。

我没有家乡故土，或者文学上的精神家园，死者和离去的人所空出的位置是我所谓的情感源泉，也是写作所需要的根据。

相互敌对的阵营中的战士是同一种人，运用同样的武器和杀戮之心作战。这里没有超越，只有卑劣的胜利和平庸的失败。文学事业在原则上是另一维的。

不要让你的语言失去灵敏性，所以，要纤弱，不是那种收缩的干枯，而是纤维一般具有弹性的纤弱。探针一般刺入所写的世界。白描是个陈旧的概念，我说的不是这个。像卡夫卡一样瘦弱坚韧，或者像海明威一样清晰透彻。

....

你千辛万苦地写书，如果还有人喜欢，哪怕是高看，也令人高兴。作者和真实读者之间的情谊是很特别的，是我所理解的不多的美好事物之一。

对读者的藐视源于一种成见，以为作者比读者高等。这是不可能的。你只不过由于一些机缘从事某种不无虚荣的专业，盖房子的就不会瞧不起住房子的。除非住房子的也想盖房子，对对方的挑剔才有一点点道理。

中国没有艺术家传统，也没有作家传统，有的只是文人传统。独立、自由、专业性需从我辈做起，关键是看中年以后。

文人传统在今天假托不存在的知识分子传统，不惜牺牲专业精神。这里的专业精神就是指全神贯注地以创新或者创造为己任。

文人以安顿身心、自我救赎为究竟，艺术家则以毁灭自我的代价寻求存在的意义。这是很大的不同。

阅读不是训练。阅读增加知见，唤起审美的敏感，而训练只在实际的操作中。操作或写作中的阅读是不一样的，能够了解到同行那个“作”的用心。只是阅读不仅是纸上谈兵，也会幻觉大起，伟大的作品虽说不可企及但也似乎成了自己的一部分。只有在实际操作中，你才会真的被打回原形，知道路有多长你有多贫乏。唯有全神贯注。

你想写作吗？那好。你理解工作的概念吗？理解作者的概念吗？理解作品的概念吗？真的理解吗？在一个流行才子散文化写作的传统里这并不容易。天分、才能、性情、本能、修为等等的聒噪取代了某种创造所必需的前提性认识。

写作首先是手上的活儿。不是说观念、知见、修为等等不重要，而是，只有通过实际操作的训练，所有的这些才可能起作用。干活儿，体力付出也许是写作过程中粗笨的部分，在一个劳力劳心两重天的传统里常令人不屑。我们总是选择轻灵路线，走高端，高屋建瓴，以为智性活动可以取代单调的劳作。

不同情绪的诗具有不同的“波长”，有的波长极具穿透力，有的能抵达深远之地。并不是激烈的东西就长久，也不是长久的东西就尖锐。希望有一种混合、复杂、无以言表的效果。

一个好诗人具备的基本能力我认为有：敏感、专注、悲伤、趋善（对卓越的识别并保持接触），才华、知见、立场以及方式方法等等则在其次。

很想集中精力写诗。光想想就很兴奋。不是维持，也不是扩大战果，也非开辟新的疆土。是重临、重逢。回旋的必要，深入的可能。把阶段变成阶梯，回归变成掘进。将一条直路必死的人生变成某种灵魂出窍的旋律。

所见皆是陈腐的自我感动和肉麻的哗众取宠。冷静、温和和清晰的声音太少了。

仅仅是语言上的平庸恶趣就使我们距真理有光年之遥。

引经据典，动辄名人名言肯定是毛病。开始于不自信，后来成为积习，改起来千难万难。这样的文字或者文风令外行艳羡，内行不屑。

遥不可及的美因遥不可及更加光彩夺目。不是任何好东西都非得经你的手和你沾边不可的。

....

读《逝去的武林》。武人的历史的确比文人的历史好看。武人离庙堂更远，因之离源头更近，虎豹雷音的记述令人着迷。传统中国不仅是士大夫的，也是民间人物的，师徒间秘传授受的神奇和魅力不亚于任何显学。

能得到秘传那还了得？就像是秘密阅读。真理是奥秘，必取其形式和姿态。

读茨维塔耶娃，她的痛苦、她的热情、她的成就以及命运。就像她代替我们吃了那些苦，而我们应该代替她感到快乐才是。苦乐是不可以缩减的，问题是，是在一个写诗的人那里，还是在这个世界上？

读宇向。她的情绪不是在一个句子里完成的，是在一首诗里。有别于那种每个句子都情绪饱和，但所有的句子都在重复的写作；也有别于所有的句子都无情绪，情绪只落于最后一句的写作。

读西川的《够一梦》。比废话写作的倡导者杨黎还要废话，雄辩、滔滔不绝，回头一想，不知道说了些什么，或者因何而说，都是“废话”。只是说话的兴奋劲儿犹在目前。我的结论是，西川和杨黎都是这一代人中最杰出的诗人，两人看似对立却殊途同归，或者说是阴阳两面。

杨黎最大的意义在于观念，不可忽视这一点。现代主义以降的文学，观念居于很显赫的位置，甚至成为某类写作的根本。杨黎的写作亦然，不可脱离他的观念阐释加以理解。这也是杨黎给人超前印象的重要原因。将观念和写作实践如此紧密捆绑在一起的，杨黎不说是汉语第一人，至少也是最顽固的一个。他的诗的确不可拎出来单看。

和西川相比，杨黎的诗甚至不能称作“废话”，而是“言多必失”，是某种不求有功但求无过，是为功。杨黎的语言是某种洁语或者净语，杨黎是剔除者，是有洁癖的人，废话啰唆不属于杨黎。他的方式不是让语义相互湮灭，而是一开始就禁止语义生成。这几乎是不可能的事。对不可能的宣战正是杨黎，这也是他最大和不可或缺的意义所在。

我们身处一个语言的现实

我们身处一个语言的现实，对诗人而言，的确有一个先在的语言前提。对此的拒斥和无条件顺从都同样要命。诗的建设从对原材料的思考开始，但它不只是原材料的打磨和使用。诗呈现为语言又高于语言材料。

对诗人而言，对现实语言的关注犹如对自身命运的关注。现实语言，伟大的活力所，原始汤。

诗的问题不简单是语言问题，也是人与语言的结合。人与语言的结合也不同于人使用语言，而是某种合而为一。没有对语言的爱何谈诗歌？那只是在使用或利用语言。具体的诗人与语言共舞创造出真实之诗歌。

厘清语言不是诗人全部的工作，还有一部分是将自身投入，以创造第三者。而创造出的那个东西既是语言的也是诗人的，既是异己的也是我之菁华。

一首诗既携带语言的信息也携带生命的信息，这还有什么好说的呢？而生命总是具体的。语言在触及以前总是僵死的或未展开的。一段非诗的文字也携带二者的信息，但那里面缺少爱，没有结合的意愿、美妙和神秘。诗人委身于语言以成就诗歌。

将语言里的生命信息剔除、去掉个性差异就是诗，那也太简单了。这是在成品之上捣鼓，并不创造新物。没有意外进入的机械劳作，最多只是某种无伤大雅的游戏。

....

文学的政治正确就是独立，是独立而不是反对。既独立于强权也独立于对强权的反动。批判的功能并不必然地增添文学的价值，执迷于此反倒会丢弃文学的责任。把文学的独立解读成针对强权的抗争是一种误会，更是一种不可能的强迫。我不反对，但我拒绝（注意这里的用词）。

独立是文学的本体要求，非权宜，反对不然。否认文学独立的必要到底意欲如何？反对、抗争或者其姿态何时成了文学不容置疑的核心价值？

诗的确和情绪有关，但不是情绪的宣泄，而是情绪的抑制。

薇依说过，学习的目的在于培养专注力，而非获得什么。作为一个写作者，学习并不是为了补充知见、增加资本，只是为保持敏感和锐利，就像磨刀。

村上春树的《挪威的森林》是最佳青春小说。此外我读到过的最好的青春小说还有塞林格的《麦田守望者》、奥茨的《他们》和朱文的《弟弟的演奏》。

没有良好的坐标感只凭冲动和天分的写作值得怀疑，或者说会浪费天赋。所谓的真诚是一个推脱，“自然而然”亦然。重估一切价值应始于写作的起心动念之前，但有时也会始终伴随写作。

自觉的写作何其难，尤其是在一个推崇才子，盛行散文、随笔的国度里。再与西式的青春神话合流，终是聪明人在做聪明事，避重就轻，尚未开始就已走到尽头。

马克思说，宗教是无情世界里的感情。这话太厉害了。文学亦可以借用，抑制、冷静、理性，无情之情才能触及纵深底蕴。

读到那些能正确表达自己内心的文字总是惊诧不已、心存敬意。表达欲和表现欲一字之差，但区别明显。

王小波的迷人之处不仅在于其思考、批判精神，他还是一个平和有趣的人。尖锐与平和的兼容，他是如何做到的?

写作的人像学者那样说话比较麻烦，说不好且失其所长，因你没有那样的学术背景。你的背景在那套系统和训练之外。直接说就完了。自然要保持对语言的敏感，但这和学术语言是两码事。

写作者学习说话。第一步是说人话，第二步是说自己的话，第三步是让思想借你的口说话。

叙述无论是在小说中还是在诗歌中，都永远不会过时。

你读了那么多的诗，如果还想写诗，请忘掉那些佳句吧。

一首好诗或许给你妙语连珠的印象，但它不是妙语集成，更不是妙语，那只是一个印象。

你读到的东西也许并不是诗人为之努力达成的东西。诗人为之努力的是什么？如果你也想写诗，请深入这一点。

杰作之上的光华只是副产品，被其迷惑是由于浅见。光华是附带的，实际上运作的是什么？

诗歌中未写出的比写出的重要。空（四声）成就了诗歌，是诗歌的枢纽。

谈谈诗的“尺寸”。有人的奇思妙想在词语的尺寸内（搭配、对偶等），有人是在意象的尺寸内（比喻、象征等），也有人是在叙述和结构的尺寸内（事件、创意等）。在每种尺寸上经营，都能成就不错的诗歌。我所想象的尺寸是超大的（超越以上三者，一种指向、意欲），但这并不意味长诗或者大诗。

诗歌就是奇思妙想，但可以是大尺寸上的奇思妙想，细部则平淡无奇。

....

无论你愿意不愿意，多元都是现代诗歌价值生成的背景。某一种方式或者样式一统天下的时代已经一去不返。多元，可谓当今诗歌世界的第一大法。

只有在确定的标准框架下，高下之论才有意义。差异之论不然，它是以破除界限为前提的。有什么东西已经改变，虽然我们往往使用相同的词语臧否评论诗歌，但所说的已然不同了。时至今日，差异就是价值，差异的强度、力度、顽固度、孤僻度、稀缺度以及诚实度就是价值评判的根据。

一些诗人在生存的层面上本能地了解这一点，以标新立异为己任。不屑者认为这很功利。但有一点是一致的，大家都觉得差异的取得很容易，不涉及根本。这正是误会或者错误认知的根源。

一首真正奇怪而又不好的诗是不可能的，除非它并不真的奇怪，只是装作与众不同。

人间之物皆无绝对价值，遑论诗歌？不仅没有绝对价值，更没有绝对的关于诗歌的标准。如果有谁出示这类标准不是因为浅见，就是过分执迷于自己所在的一隅。人，只有当他作为造物或者生命这回事时能和绝对搭上边，作为人的所思所想包括所造一概是相对的和微不足道的。

关于诗歌，除了“写什么”和“怎么写”之外，还有一个更具现代性的问题，就是“写什么样的”。

别无选择在一些人那里是无可选择，但在自觉的写作者或者自觉的写作中，则是可以选择中的自我认定。

优异的天赋、直觉只有和良好的坐标感结合，才可能行至远处。

在今天，探索诗歌公理基本上是一种一厢情愿。但你的确需要知道别人是如何工作以及因何工作的。不是为了学一手，而是为展开一幅全景。只有在这幅全景中，你的工作才可能显示出一点点相对价值。

诗是什么不重要，可以是什么很重要。

一种赞美是“这是好诗”，另一种赞美是“诗竟然可以这样写”。后者是更大的赞美，包含了前者，但和“这是好诗”说的不是一回事，触及了现代诗歌写作的价值究竟。

生命并非绝对，但它封闭了绝对。这种绝对有可能转移到诗歌的方式、形式和样式中，但这里的方式、形式和样式也是相对的。所以就写诗而言，并没有正确与否的衡量，只有可能性多少的衡量，而且这是因人而异的。

我喜欢有差异。一个诗人和另一个诗人之间，一首诗与另一首之间，不可替代的独立是价值所在。这种差别的价值在我看来更胜于高下的价值。“同样的好”比较尴尬。

不在于构造一个同一的宏观世界，而在于很多独立的小宇宙的共存，如此才可以称之为伟大。

有人越写越像自己，而有人越写越像大家。可见写作不仅是一个才能问题，更是坚韧与否的问题。才能是可以被抹掉的，也并不是每一个人都能承受起自己的才能的。才大气短和志大才疏一样，都是悲剧。

老套的文学观就是绝对主义的文学观，无论你如何伪装，信奉高下、无视差别，你就是这种文学观的持有者。伟大的文艺景观一定是多元的。没有相对主义的开阔视野，无论你如何声称先锋、革命都是一种腐朽。这与年龄无关。

对同时代写作者的关注是一种基本的诚实。对异端、异己（异于己）的认可是基本的开明。写作没有敌人，只有对手，同时也是对话者。你所不屑的东西如果真的那么糟糕，和你的写作根本就构不成关系，更谈不上对立关系，除非是在利益的层面。

就写作而论，唯我独尊我很欣赏。但唯我这派独尊却是儿戏，闹着玩的。特别幼稚的是，唯我这派独尊但从不唯“我”（一个个独立的我）独尊。

大谈诗歌的公理、公式不是好习惯。你可以有个人的固执、偏执，甚至排他，有自己的一套甚至有待推广寻找市场，但不可假公济私。大一统、绝对主义、正宗正统大道之类的思维只能说明你很有限。探索者向不同方向的极端、边界或者一己的纵深而去，彼此相去有光年之遥，这里的空间不是手持家乡渔网所能捕获的。

好作家让你惊奇

好作家让你惊奇，哇，这家伙是如何办到的？更好的作家让你相信，他做的我也能做。糟糕的作家则让你自卑，这人太厉害了。且不论那些让你感到绝望的作家。错不在你，在这些所谓的作家，他们的目的、居心、所持、积习以及对写作的理解是截然不同的。

有人说我的诗里有忧伤，正中我的下怀。每个人都会忧伤，问题是，植根于此是否能长出快乐或平静的枝叶。完全不忧伤的不一定是一个坏诗人，但肯定是一个坏人。此外，忧伤的坏人是最具魅力的（这是题外话了）。

天才就是能用三言两语描述深刻微妙之事，如布考斯基小说里的对白。他做到了这一点。联想到中国古典小说里的“示意性”语言。

对我来说，文学写作是专业，是工作和手上的活计。我是生产者而非消费者，是运动员而非裁判。我是从实际操作方面入手和要求自己的。这当然不是唯一的入手方式。有人从博古通今入手，有人从鉴赏把玩入手，有人靠天生丽质，也有人靠跑马圈地，都有可能干得不错，但最后还是必须落实到手上。

诗有两种。一种是正在写的诗，一种是已经完成的诗。有人在写正在写的诗，有人写已经完成的诗。没错，这是两种诗，而非同一首诗的不同阶段。

某种意义上，短诗更难写，看似轻松但并非真的轻松，有一个能量集中而后解压的过程。能量是在压力下进入的，抑制之美难以言喻。我认为短诗是为此而设的。

小安是大诗人，她的诗短而轻松，那是她的范儿，但实际上句句实在。小安的诗不水不油，如果论首，一首是一首。她写诗既为快感也为永恒，千万不要听信她的表白。

写诗是一件相对而言的事，有一个主观的“场”。你以谁为假想敌？以谁为对手？谁是你的同道以及你们的对话是建立在什么范围内的？不堪一击的对手和相互抚慰的同道，所有的这些都会限制住你。

初学者总喜欢探究自己是否有足够的才能。才能的确重要，又非常不重要，你还得问自己是否真的强硬。不是那种外在的骂骂咧咧，是你里面是否真的轴。

········

我喜欢杨键的诗，也喜欢杨黎、伊沙、何小竹、张执浩、周亚平……一个诗人的固执和怪癖是正当的，有时甚至就是力量本身或其来源。我喜欢的诗人一般都有偏激的锋芒所向。至于观点之争说到底是次要的。另外就是我比较讨厌站队。

多样胜于别样，独一胜于同一。一些人以别样标榜，以同一为目的，亦即，以别样为旗，以同一为梦。

现代汉语在我辈的手里逐渐成熟，以此铸造有所成者皆属于源头性的诗人。但愿能为后来者提供某种深邃而多元的现代传统，应尽量完善，一隅一端，触抵纵深极限。占据现实的诗歌版图的霸道、王道非我之志。

你真的相信新与旧、先进与保守与否之于诗歌的重要吗？西式进化的迷信和中式的祖先崇拜有何区别？为何将诗歌之事困于时间—历史的维度？诗歌是拔地而起的东西，有了就有了，没有就没有。

革命、先锋、现代、未来、年轻、新，已成为创造生活的主流幻觉。传统、大道、正宗、复兴、源头、过往，亦是幻觉，但相对而言越来越不主流。现在的情况是，一种幻觉要铲除另一种幻觉，由于居于优势，也干得顺风顺水。相形之下，杨键的《哭庙》及其姿态当真是一股逆流，反动也不合时宜。但我仍然喜欢这里面的那种迂腐的骨气。

我从没有否认过先锋，但这次，只想肯定反动。好诗人既出自革命者也出自反动派，既出自先知也出自绊脚石。只有平庸孟浪和诗歌的奥秘无涉。

周亚平可谓最后的先锋，几乎是唯一的进行时的先锋。他是成熟的、成功的、成立的、成就型的先锋，是建设者并且卓有成效。周亚平的先锋不仅是姿态上、观念上的，更重要的在于文本意义上的建树。不仅预示了当代诗歌的某种新异的动向，而且凭借一己之力，周亚平完成了整条道路。

周亚平，前不见古人尚不足道，后不见来者才是关键。当然，是在他所开辟的方向上。周亚平的诗难以复制和模仿，即使有这种可能，也难以达到其纯度。他给后来者留下的余地很小，已达到某个极限。周亚平不仅是一个开启者也是完成者，因此在他的周围呈现出某种孤绝的气氛。

自 20 世纪 80 年代启动的先锋写作至今已经式微，“先锋”逐渐演化成一个商标式的大词壮词，用以对付对手和异己，基本上是在攻击的意义上使用的。在建设和肯定的意义上体会先锋变得尤其困难，直到周亚平的归来。他告诉我们，先锋不是别的，即是文本实验、形式边界的探索以及观念的颠覆性更新。

有两类了不起的书。一类是读一句少一句，因而舍不得读。一类偶尔翻阅惊若天人，但读多了会头晕目眩以至于呕吐。质量之大、密度之高，或者别的什么让读者觉得难以承受。周亚平的《红白蓝灰黑黑》属于后者，其先锋的品质不仅拒绝模仿，也拒绝消费性的阅读。

读者、作者两边不讨巧，只有周亚平。他的写作既不是“可读的”，也不是“可写的”，不在“可读”“可写”的二分法的范围内，只能惊鸿一瞥而难以追踪。

简单地说，先锋就是不媚俗。就此一点而论，无人能出周亚平其右。他既不媚大众也不媚小众，既不媚读者也不媚作者同仁甚至模仿者和追随者。他的诗的确造作，但其造作是不可效仿的，让人望而却步，觉得无处下口。不给欲求的人以信心，只是断了其念想。给人的惊诧肯定不是“诗原来可以这样写”，而是，“诗竟然可以写成这样”。

并且，周亚平的不媚俗不是说出来的，不是观念或某种姿态，也非执拗的愿力表达。文本如此，天生如此，下笔即如此。孤绝不免是周亚平的宿命，大概只有安之若素了。孤绝，是孤单、独一，而不是孤高、孤傲、孤愤，这是周亚平的诗也是周亚平此人透露出的气息，有一点迷人。

谈及写作偶像，我也有一个，就是北岛。我曾说过，长兄为父。也曾有过“弑父”阶段，但时过境迁并不为当年的所为懊悔，甚至为这种关系的认定而自鸣得意。北岛是认真而质朴的人，可以说是继鲁迅之后汉语世界最重要的作家。此人目光远大，且脸无丝毫油光贵气，在我们的时代太了不起了。

又读契诃夫。他是源头，发展出许多今天已经普及的有效技巧，而且无人超越。这并不是契诃夫之所以伟大的全部，甚至是其不足道的部分。

再读契诃夫的《农民》，太好了。纳博科夫说只有俄罗斯人才能读懂契诃夫，不然，此种感同身受如前世一般的切肤和神秘，任何一个中国作家笔下的乡村都没有带给过我。汝龙的翻译也好，虽然和今天的词语习惯有所差别，但非常质朴又很典雅。

有时，你的感觉并不重要

有时，你的感觉并不重要，语言的感觉才比较重要。不要一味地追随感觉，而要追随语言的感觉，让语言去感觉，被语言的感觉或者直觉所带领。

不惜一切代价追求完美者必是二流。但，对完美毫无概念者必是三流。

把东西写实，写得结结实实的。也许质朴加上精密能够达到这一点。很多作家我都喜欢，对他们的好感我没有保留，但可能只有并非作家的塞尚才是我的老师。海明威也曾向塞尚学习写作。

依靠频繁的断句分行获得滞重的感觉是可以的，但如果离开了这一招就失去了力量也成问题。诗歌应该有内在的劲道。也许外在的顺畅之于“内劲”是更相宜的。

艰难时世，一些人总是问责于文学，总是鼓噪某种战斗的诗歌，总是把艺术与政治的辽阔关系归结为抗争与否，总是要揪出沉默者以泄其愤。这是一些意识形态上的土豪，如果曾经以创造活动为志业，在此的表现就是一种能量的蜕变。

谁说过，最好的生活已经过去了？但的确，最好的书是已经写过了。我们所能做的不过是将这种好传达出去，通过作品。通过我们的写作将读者的目光引向真正的奇迹和源头。

你写的是一类东西，但喜欢的是另一些或者另几类，这才是脚踏实地的标志。再也不需要自我辩护，懂得欣赏异己，终于知道自己的局限是珍贵且不可替代的。你将发现你真正的同类并非是那些和你的口味相似的人，而是和你一样有挥之不去的“顽疾”的人。

和曹寇聊天。那种穷凶极恶的个人奋斗会体现于文风，这很要命。

一种是风格化的写作，一种是塑造或者构造式写作。中国作家很容易被风格化迷惑，说他们只会写故事多半是误会。实际上很多人都讲不好故事。故事属于塑造范围，大家并不重视。

虽说天下文章一大抄，但伟大的作品总是具有原型的意义。与创造人物类型或者某种形式、方法相比，构造原型的创设是最不可思议的。无论是《变形记》（变身为甲虫），还是《老人与海》（唯其失败的捕获），还是《红楼梦》（少年混迹于女人堆里的锦衣玉食的生活）都是由前所未有的构造创意所造就的奇迹。

轻视故事大约是现代主义的后遗症。故事不仅是张长李短或者段子，它是人类生活可能的模型，是人生轨迹交织而成的主题性结构。历史是故事，《圣经》也是故事。小说的方式有一天或许会消失，但故事永存。烂故事是另一回事，败坏了故事的神奇和价值。但一个好故事是超越小说的文学价值的。

在今天，由于没有时间，由于变化太快以及表达在场的必要，我们只有直接说出自己的思想了。直接成了我们的美学。

诗歌理想的状态是“流水之于圆石”。流水是说语言的流动、起伏和回旋，圆石是说语言黏合物象而成的块结。

对诗歌而言重要的是词语，就此而论诗是可译的。并且一般来说直译强于意译，直译过来很差的诗多半本来就很差。意译需要高手，所谓的高手即是对词语超级敏感的人。

1. 写作可以学，但无法教。2. 写作者都是学生，但根本上是向自我学习的学生。3. 当然，你也可以教授如何向自我学习，但构不成公共课程。4. 最大的问题是公共课程，需要警惕的是把向自我学习变成了向老师学习。5. 也许能教出一些学生，但应该让他们按自己的意思反叛你，以便成器。6. 不否认可以分享、交流、互相启迪，但就是没法教。7. 也许一般的东西可以教，但高级的教不了，因为答案在学习者自己那里。

对读者的轻视是件奇怪的事，主流趣味的平庸并不是一个很好的理由。你的文字总得有人读，哪怕这个读者是想象中的。哪怕连这个想象的读者也不需要，读与写的互动仍然是写作最深刻的奥秘之一。我们以语言叙述，也被语言阅读。

如果想有所作为，首先需要拒绝的是时尚，但这并不意味守旧。守旧是老年人的时尚。老人和孩子都需要寻求安全待着觉得自信的地方。大约只有永恒纯净的作品，才可以用来校正我们的身不由己。

我对尚未成名的艺术家的建议是：不要拒绝市场，但也不要受其左右。最好是寻求某种适当的结合，个人的固执和实现这种固执所需的条件的结合。将市场看成条件，任何个人意图的实现都是需要条件的。这不是妥协，而是一个拥抱。生孩子不是一个人决定的，如果你真的想生孩子，把孩子生下来，就得找到另一个人。市场和所有的外部条件都是“另一个人”。当然，你得生下自己的孩子，而不是做代孕妈妈。

好的音乐既引爆忧伤也稀释忧伤，把积郁的东西释放出来，投向一个更广大的空间。爱与虚无。

看崔健十九年前唱《一无所有》的视频，之后又看了他现在唱《一无所有》的视频。后者就像前者的一个拼尽全力的拙劣的模仿者。年轻如此具体、肉身，在一个天才那里几乎就是天赋本身。

....

多元，我心驰神往之。多元意味着丰富、差异、活跃、热情以及和平，是滋养人的，滋养艺术的。来自任何方向的大一统都会损人、损害艺术。狭隘、机械、苛求、愤怒、钻牛角尖儿……我理想中的艺术世界无真理，只显示生机和可能性。

独裁世界不利于艺术创造，它让艺术家被迫站队。就算培养了如此众多的反对派，也不算是艺术本身引以为傲的成果。

艺术家在中国是新人类。我们有文人传统，但没有艺术家传统，有艺术，但没有艺术家。艺术在文人那里是仕途受挫之后剩余精力的产物，它确实是一种升华，但并非性的升华。即使在今天，情况仍无多少改变。

艺术的可取就在于它的多元，有如具体的世界一样丰富惑人。它不应该呈现为法规定理一类的东西，更不是一神论的宗教或者无神论的教条。艺术是多元多神的，是对人一根筋的执着的一个补充。

多元不应理解为某种政策策略，它是艺术赖以存活的条件，是艺术之于宗教、政治更加人性的必需，也是对我以及其他一些愿意投身其间的人而言的致命诱惑。艺术不可替代，某种意义上它就是各个极端上的自由，相互刺激又各不相干。

艺术若无差异，不提丰富的审美，就和独裁政治无异，一定是令人乏味的。我们的激进姿态背后是否隐藏着一个大一统的思维模式？只有看见了不同，我才会觉得来对了地方。

. . . .

艺术是消磨时光而不后悔的方式。当然，你也可以用其他方式消磨时光，但艺术能给时光带来意义。这就是那些劳累已极想休息的人、告别职责终于退休的人以及大病一场意志顿减的人，想起来写写画画的一个原因，就像他们一直惦记着这件事。有时候业余爱好其实是生命中最重要的诉求，但被忽略了。

利益所到之处，滋养了有才干的艺术家，也唤起了无才之人的贪欲，将利益获取作为唯一的追求。因此在所有的火爆热销中都有真伪之别，不应该根据是否热销来衡量作品的价值。

所有的畅销都在价值上贬值，所有的滞销都价值连城，如此判断不免盲目。有时候高端和精英的标签只是一个掩体，掩护了实质上的平庸。当然，更常见的是以所谓的低端大众为掩体，掩护自己的力所不及。在任何畅销或滞销的分别中都有人类的智力表达或作秀表演。

好的艺术家都是辩证法大师。

元素这一层次要单纯，尽可能地单纯，由此构造宇宙之繁复。但我们所见到的作品，大多是元素复杂但构造简单的，整体上甚至于简陋。

复杂并非混乱。复杂的构造由简单的元素变构组合而来，但在元素的层面一定是简单的。复杂的元素多半会引起混乱。但如果只停留在元素的简单层面，没有组织、结构的意识，同样是一种欠缺。

对精神财富而言，有人是把玩者（消费者），有人是收集者。还是做个艺术家吧，好歹也能制造一点新东西。只有觉悟者能够舍弃所有，包括证明自己的才智的可能。

艺术家的独立不是独立于政治之外，而是，其方式是别样的。异类不是反对派，而是前提性的不相容。

获奖是圈子游戏，圈子到处都是，只是重要性不同，中外亦然。主要是看你混的是什么圈子。

第二部分 写作、创作、工作（2015–2018）

诗何以伟大

诗何以伟大，因为其中容不下怨恨。怨恨会极大地败坏一首诗，至少在我这里这是真理。隽永的杰作转化我们的促狭和绝望。

诗歌可以抒情，但有一种“抒情”是抑制情绪。若无情绪的抑制，若无“压差”，在我这里诗歌就是失败的。允许压力之下的激射而出，之后复归于平静。兴奋是珍贵的，但不能因此而嚣张。悲愤不能是假设的，它得为真为实。而且，在一个好诗人那里，流露真情会伴有羞愧之感，更别说是以此炫耀了。

诗歌是一种沉默，字里行间，开始以前，结束以后。如果没有沉默之声的传递，伟大的诗歌是不可能的。

“他们”一路和“非非”不同。“非非”是形式主义、观念艺术，“他们”求新则是为了有效地表达。“非非”是极端主义，“他们”是个人主义。“非非”需要文本以外的阐释，“他们”追求无须解释的作品直观。当然，这是一种大概的说法。就上面的议题而论，“他们”中的于小韦是半个“非非”，“非非”中的小安则整个是“他们”。

有老外出版商问，如何能了解有价值的中国当代文学。我告诉对方，有各种不同的路标，政治见解的、名声上的、是否畅销等等。问题在于你想要了解的是什么？我所认为的价值只存在于文学意义的范围内，了解起来并不那么容易，需要多年的观察、沉浸和梳理。总之很辛苦。如此才可能建立起一个基本的坐标。

有提问者问及对当年的“断裂”怎么看。我答，很有必要，至少对我而言。只是当时年轻，采取了过分复杂的方式，对事情的总结也复杂、琐碎了。其实，文学这一块和当代中国其他的领域一样，最大的问题之一也是腐败。

毛焰多次提到，要把画画得脏一点，破一点，难看一点。写诗也一样，在某个阶段上这是真的（真理）。当你听懂这句话时，就已经处在这个阶段上了。听不懂就胡写乱画说明距离尚远。

何为诗？不是问概念或者定义，是说，在你的印象中实际上诗是什么样子的？抒情吗？词语或者意象的华美优雅吗？如果这些在今天已经不流行，被认为很低级，那么，高级的诗是什么样的？有一种一言以蔽之的洁癖，洁癖即诗，是不是这样的？在这样的背景下，把诗写得脏一点，破一点，难看一点，不啻为一种解毒剂。

在谈论死亡时我们谈论别的，在谈论别的时我们谈论死亡。这就对了，文章非直道。

………

理想的诗歌语言如光线，光线般直接、透彻，又在“大质量的引力”作用下呈现弧度之美。寻找引力之源，而不是表达它。

都在谈论语言，但我们往往把注意力集中在语言的原子、量子部分，以为这是根本。所谓的变革就是更新这个基本构成，这就像更新建筑的基本材料可以造就卓越不凡的建筑一样，是一种幻觉。最基底的东西并非是最根本的东西，真正的神奇隐藏于构造之中，是无形的。

诗歌事大，不可半途而废。如果只是数量的增加，人到中年就是一种无聊。必须有质量的变化，不一定是提高质量，只是具有新质。如此，写诗这件事才会魅力重临。

你所理解的最终极的那种诗还没有写出。一旦写出就可以罢手。虽然这是一个幻觉，但却是在实际进行中所必备的。应该心甘情愿满怀谦卑地在它的引导下继续。

古人并不古老，他们是人类早期的幼儿或者青少年。如果说，所谓的文化也存在进化一说，回顾源头以获清新的启迪便是必要的。相对于完善和深刻，我更醉心于古人的质朴和率真。这是就表达方式而言的，就文学的直接观感而言的。

在阅读中，我们为何会被庞大、复杂、艰深所震慑？说到底这些都是可见的衡量尺度，自然具有不可小觑的效果。当一个人丧失了判断必备的穿透力后，剩下的大概只有攀附外观这一途了。看出来的艰深只是一种外观，丝毫也不“深”。可见我们要求的并不是深度，只是一种恐吓或者被恐吓。

要朴素，再朴素，更朴素一些。不是追求所谓的朴素的美感，是要尽量拆除那些伪装，包括朴素之美的伪装。

作为一个写作和思考者，尤其需要警惕拔尖的想法。按照薇依的说法，如果有此想法，随之而来的精力很快就退化了。

归根结底，通俗和非通俗的区别在于写作姿态，并不能以作品的成败而论。就阅读而言，通俗作品合作、顺从，甚至以迎合现实读者为目的。非通俗作品则拒绝、挑衅、挑逗，为难主流的阅读习惯，同样能激起莫大的情绪。一如恋爱中的人，你是扮演虐待狂还是受虐狂？也许只有深刻的默契才能超越这一关系。

作品中的人性是什么？就是人味儿，让你感觉到并感慨自己所具有的生活。应警惕善的不可企及和恶的匪夷所思。猎奇中缺乏人性。

········

将文学作为某种观念的执行，看似扩大了文学版图或者跨越了边界，其实是缩减。因为文学在原则上无所不包，有如宇宙，某种观念的演绎只是其中的一种可能。文学史的深广更接近文学的本意。

对作品的理解不可能没有自我经验的带入。完全相异的经验，要么味同嚼蜡，要么让人反感。至善就是这样的一种经验（描写完人、圣人之不可能）。黑暗经验不然，在很大的范围和深度上是共通的，所引起的不适实际上不是反感，而是罪恶感。

你无话可说时才能说得好。没有目的，而滋润充沛。这个意思和帕斯捷尔纳克说的相反，他认为有话要说才“声若洪钟”。

某些事情上才智是可以互相转换的，画家写作，或者作家拍电影。但不是依恃已有的成功，而是凭借抵达这些成功所需的同样的敏感和专注。敏感和专注在某种意义上是同质同流向的。

不是作家要回应经典，而是，是不是经典由后来者决定。经典活在后来的写作者那里，他们甚至能使业已湮灭之作重回殿堂。跨越时间并不是经典之必需，它可以直接跃入此刻当下，通过后来者天才的写作。

在阅读之前存在一个由经典构成的经典书架，你可以此为参考制作自己的书架。需要抽出一些书，放进一些书。

分析作品是一些人的饭碗，或许能自成一类写作，但对其他写作者而言实无助益。写作是“发生学”的。好作品如何之好并不重要，重要的是它如何出现的，如何涌现于笔端的。与其分析作品，不如揣度人心（大师之心）。

发现不仅是针对已知的空白填补，也是一己的固执和再次发现。如法布尔的《昆虫记》。发现已经被发现的和发现从未被发现的一样卓越，如果花费了同等的力气。

对务虚者而言，需要强调写作是实干；对务实者而言，需要强调写作是观念。但无论如何，知见都不是最首要的。强调知见者往往缺乏实干，更无固执的超凡观念。

简单是崇高的美学。蓝天、碧海、红日、空无……或者出于原初，或者复杂得需要一言以蔽之。它并非是减省的结果，而是高度的概括、提示、跃动。

自恋是对写作的伤害。一个固执己见的人如果没有出人头地的愿望，就没有自恋的必要，实际上也不可能自恋。所以说，削减其欲望是关键，要不就别那么固执。

········

平时你尽管想，但不要落笔。构思在头脑里完成，但在过程中不要做记录。记录是某种固化，拆除起来很困难。那一团东西要保持柔软、易变，保持生长，直到真的成形。在那之前不要赋予它纸上任何可见的形状。

当你说不出任何新东西，恒常不变者即为新。新鲜欲滴在超越个人的时间起源处。

当语言用于准确地表达自会形成一种风格，这是一个应该不断重临的起点。所谓风格，可说是语言层面（或语言自身）的表达，也许很高级，但应视为某种表达对象的结果。回到事物、思想，描景状物，尽量朴素，笨拙亦令人艳羡。

初习写作的人，需要重视的是最基本和最玄虚的（比如观念）。不高不低的东西则无助益。不高不低之下的东西应在写作过程中经由经验获得，如此才贴切。在最基本和最抽象的东西之间是一个广大的区域，其中的种种说法极易误人子弟或者自欺欺人。

排斥读者不一定就能做到诚实，有可能更不诚实。把写作设想成两个挚友之间的交谈，对方的智商高过你，但又能谅解你的笨拙和浅陋。

无情绪的叙述可行，无观点的则不可能。但观点即是一种“固化”的情绪，设想它是坚硬的，但不尖锐，就像墙壁半圆形的转角。

技艺之必要，在于它是一种集中注意力的方式，目的是“挤过去”。一旦驾轻就熟就了无所得。行货往往是光滑的，看上去异常完美，有一种制造感。就写作而言，油滑是大忌，花样百出的油滑更是可怕。根本的技巧在于全神贯注地追随生涩。

有意义的写作并非创世，而是轮回。无中生有的上半场是有中生无。来自源头，就像来自某种伟大传统的寂灭。既不延续什么，也不创造什么，更不嫁接，在那儿待着、呈现就完了，但要如实地呈现。

如实地写，以我们的语言，我们的观察、思考和专注。接受交流，但拒绝诱惑。

一个初学者，无论在其他领域多么有造诣，写得磕磕巴巴、生涩幼稚，我都会觉得他有希望，在写作上有可能。反之，则没有可能。对具有任何资历的初学者而言，油滑都是大忌。油滑给人以一种行货之感，不经过大脑；但它的确可以骗人，更要命的是骗住了写作者自己。

都说，生老病死一个样，关键在于如何讲。但我真心觉得，最让人腻味的是故事的指向，而非讲故事的套路。

对作者而言，对语言的了解理应比读者多一点，而多出的那部分正好是如何阅读。读者不必了解如何写，但作者必须了解如何读。排斥对阅读的了解就是否认语法之重要。活的语法并非是一套规则系统，它首先体现在阅读的约定俗成中。破除常规以确认了解常规为前提。

在作品中接受败笔和不完善

在作品中接受败笔和不完善就像在生活中接受不幸和罪过，使其厚度甚至维度增加。但故意追求破坏性的成分，会形成一种单调。

令人麻木的大概是俗套，鲜有产生原型故事的环境和能力，于是我们便在技术方式或者语法的层面消磨。

贬低故事是一种时尚，但故事绝对是上层建筑，是由基础元素构建而成的。问题在于得有新故事（新的故事原型），而不单单是着眼于讲故事方式的革新。一个新故事理应包括新的方式、新的关系以及支撑它的新结构，单列出这些逐一解决不免本末倒置。

书是一个容器，内装比重不同之物。黄金之书千锤百炼（其用心其文字），历久弥新，每一次阅读都是擦拭。

重读之必要。要读这样的书，要写这样的书，要发现和知道这样的书。我所说的和所谓的经典关系不大。

要这样要求自己，每读的两本书里至少有一本书是重读。每重读的两本书里至少有一本是已经重读过的。在十年以内，得有十本书读过十遍以上。如此，才是真正读书。

（谈写作）不要炫耀，也不要掩饰。看看在不炫耀的情况下我们还剩下什么。无论剩下什么都是好的，至少是确实可信的。

如何理解我们的生活？很多时候取决于我们和它之间的距离。身在其中的时候那叫“现实”，拉开一定距离可呈现为“荒诞”。《在码头》（电影）即是一部中等距离的观察当代中国和中国人的作品，这个距离以前很少出现过。我们有近距离的现实主义，有远距离的幻想或抒情性作品，《在码头》二者都不是。这也是我决定拍它的重要原因或者目的。一部中国生活的荒诞剧，有现实的底蕴，亦有情绪的温度，但其主旨却是讽喻和神秘。

关键是对谁说话，想象的或实际上的读者是谁？耶稣对使徒说话，对公众说话，在他看来他们都是心智上的儿童。因此耶稣的话有某种特殊的质朴，有的地方很直接，不由分说像一道命令；有的地方则像童话。佛陀对“训练有素”的求道者说话，针对的是某种体系化的信仰传统，因此他的话富于辩证性，逻辑强大。老子则是对统治者进言，他的话文辞如诗且提纲挈领。孔子的话大多是对弟子说的，所以很具体、亲切，也很零碎，体现了一个老师的渊博和仁爱。我们到底在对谁说话呢？一种是针对批评专业的权威，不免高深、造作，囿于特别的概念或系统。一种是针对大众或者粉丝说话，表面上深入浅出，实际上却免不了迎合。官腔官话就不论了。也有人对自己说话，或者对自己的同类、朋友说话，这已经很不错了。当然还有各种混合体。对谁说话甚至都不是一个美学风格问题，它深入说话者的心机，关系到写作的目的和可能性。

对谁说话很重要，它把可写和可读勾连在一起。只论可写或者可读是回避问题。即使是极端意义上的可写，你的潜读者又是谁?

·········

细节的讲究造就某种外观，但改变不了质地。质地，仿佛是在审视以前就已经确定的存在，甚至外在于写作者。抓住这个东西，有了就有了，没有就没有；有了就不怕没有。和质地的相遇是偶然和神秘的，不受控。这不是指瞬间的灵感，而是整个一大块东西。其后的精雕细刻才值得或者不值得。

历史，是历史素材的剪辑。而历史素材并不是历史，它是现实。因此，历史必定有意义，或者有意思。而现实，由于意义的指向无限，所以在观感上是毫无意义的（无法捕捉）。历史必定归于大概念上的文学（虚构的、故事的）。历史经历史书写者的剪辑、阐释（亦体现为某种剪辑上的机巧和效果）加以完成，一如作家们剪辑、阐释个人经验。历史和文学都虚构了存在的逻辑。

对作品的批评阐释构成了某种被阅读的和声，这是一种更宽广的思想。作为写作者或可信奉作品至上，但不可信奉作品至全，否则就像执意排斥阅读一样，是同样的狭隘。

在诗歌中有三种情绪是正当的，赞美、悲伤和幽默。

有人告诉我们，这个词不能用那个词不能用，这是把词当成了恒定不变的概念。实际上，词语只有在使用中才能获得具体的意义，它的灵活性远胜于概念。词语原则上是透明的、透光的，具有折射和传递的性质，思想之流在此呈现并通过。唯词语者和唯概念者一样，不在乎思想之光的映照，因此缺乏塑造词语和变化概念的能力。

作家有写作课也有批评课，批评家有批评课也有写作课。但，作家的写作课不同于批评家的写作课，批评家的批评课亦不等于作家的批评课。有一种想象是，作家的写作课 + 批评家的批评课才是最圆满的，最正确也最有保障的。其实不然。术业有专攻的意思是：专业必须依赖以专业为核心建立起来的系统背景，而非其他专业提供的所谓专业背景。作家可以同时是批评家，但若要在二者之间进行自由转换，并且专业达标，他就必须满足不同的专业所要求的不同的特殊系统。批评家想写作文学性作品亦然。

喜欢文学小组那样的生活和情谊，但是早年的那种文学小组，或者是文学小组发展的早期。志同道合，心无杂念。不喜欢后来的山头，更不喜欢中心。当年的文学小组的氛围在今天也许只有独立工作能与之媲美，各有不可替代的美好和必要。

诗不是宣泄也忌讳宣泄，但写出一首真正的好诗却有倾尽之后的忧伤感。诗歌释放空间，使情绪负荷稀释于广大。简言之，诗不是情绪的释放，而是内在空间的扩展，以安置情绪。

········

诗歌没有标准，但有范例，也有形式规则。对诗歌形式规则的把握可以通过教条，但在大多数情况下是通过阅读，就像学习一种语言。

和语言一样，诗歌的方式看上去是自然生成的，也就是说它不是一项发明。当然也有通过发明或改变诗歌规则再造一种诗歌的。所谓的诗歌革命就发生在这个节点上。但发明，作为一种自然方式固定并延续下去需要经历很长的时间。

诗歌不止一种。说诗歌只有一种就像说语言只有一种一样，是荒谬的。在很多种诗歌中，说其中的一种才是诗或者才是正确的诗，同样不可理喻，这就像在不同的语言之间进行优劣比较。竟然真的有人这么做，说汉语对诗歌而言具有天然的优势，或者用汉语写诗天生就劣等。所以说，他们主张某种形式规则的诗才是诗也就不难理解了。

诗歌革命发生在诗歌形式、规则的变更中，大多数情况下是通过写作不自觉地完成的。之后，人们才总结出有关的概念和理论。但也有人从概念、理论入手，再造全新的诗歌。特别是西方现代主义以降，这种方式甚为普遍，从“语法”角度进入再造已成为一种共识。但若要成功，必须有根据该语法进行的写作的跟进，有相关的阅读遥相呼应，以形成一个被理解可阐释的系统。有那么一群人，写那么一种诗，读那么一种诗，将某种创造的可能和鉴赏的诉求容纳进去，于是就成了。但发明语法的人和运用语法写作的人侧重点有所不同。对前者而言，扮演先知是首要的。而对后者，从一种具体样式的写作中胜出则是关键。发明语法的人不一定就写得过运用语法的人，于是本能地强调其发明的重要性、唯一性和合法性，甚至暗中修正语法以适应自己写作的那部分。他所处的位置也具有这样的便利和权威。谁不想通过具体的写作来证明自己的发明（往往伪称为“发现”）是因果互洽的呢？

现代汉语诗歌的确面临再造，我们讨论其标准、规则、样式等等问题，似乎有一个潜台词，这种再造的诗歌只有一个品种，或者只有一个品种是标准的、合法的。这显然有违于现代社会最重要的思想前提，即价值判断上的多元。我们一面利用多元的可能自由再造新异的诗歌，一面又力图将其中的一种诗歌打造成标准化的正品，这不仅是矛盾，可说是某种意识形态上的老土。我的看法是，现代汉语诗歌的确需要革命、再造、重建，但不是一种样式，而是多种。现代诗歌的多元景观，其丰富多样、变化乃至冲突就是现代诗歌的意义，是它的价值所在。其中具体种类的诗歌，包括其规则、范例、特色都不足以说明和支撑现代诗歌这个宏观整体。每一品种在价值衡量上的相对性即构成了整体景观上多元价值的绝对性。所谓的现代诗歌绝对的价值意义就是多元。多元从来不是一项政治要求，而是源自现代精神、思维，源自现代文化和社会生活的一个基本的价值根据。谈论现代诗歌不谈论多元等于白谈。谈论现代诗歌只涉及一种诗歌取代另一种诗歌，而一统天下无异于求道于盲。

现代诗歌的难题之一，就在于形式、规则上的不确定。不仅每一类诗都需要再造可能的形式规则，甚至在写一首具体的诗时，也会要求有全新的形式方式。但在特定的类别中，通过读与写的互动，还是构造了阐释和优劣判断的空间。但必须记住的是，这里的空间仅限于特定的类别。将特定类别的标准、规范推而广之到现代诗歌整体，是最常见的误会和想当然。

具体写作中的个人固执、排他和绝对主义没有任何问题，甚至是必要的。具体类别（诗歌）中的高下优劣的衡量也有其相对的意义。实际上，我们的诗人正是凭借这种隔绝生活（写作、创造）于一隅的。有时候，甚至某类写作会成为主流，参与者甚多，被阐释和衡量的空间较大或者更有余地，但试图一统天下终究是一种反动。世界已经不是昨天的世界，天然稳定的绝对价值的根基已不复存在。昔日重来只是一个梦，而且，相对于现代世界的深广和精神愿景甚至是一个噩梦。因此，在诗歌写作的方向上，不仅公然的复古令人生疑，与其对垒的先锋姿态或者平面主义，只要声称自身的绝对价值、唯一正当就是一种守旧和倒退。

任何写作都需要形式和规则的限制，都需要某种阐释和价值衡量的系统的存在以及稳定。今天的特殊情况就在于，在多元背景的观照下，多种系统的并存成为一种可能。反映在诗歌类别或者类型上，就是多种诗歌的并存。而且，更多的诗歌类别或者类型还在不断地出现或酝酿中。总体上的形式、规则的不确定和创造意义所需的确定范围内形式规则的稳定，是今天的诗歌写作所面临的双重现实。一家独大已无可能，但寻求量身定做的表达又势在必行。形式、方式、观念、规则或语法上的炮制在今天已经蔚然成风，只是它们的前提、在价值意义上的超越以及底细却鲜有人思考。

情绪是用来抑制的

情绪是用来抑制的。文学中的优雅一如生活中的优雅。既无情绪又喊破嗓门，是双重的忌讳。也许，在一个点上被抑制的情绪会跳荡（由于太大的压力）一下，因其完全的被迫所以更加珍贵。

我这类写作属于抑制之道。但，有抑制之物才可能抑制。只有牧歌般的质朴会令我汗颜。最好的情况是质朴而抑制，像一个沉默的原始人。

写什么当然重要。比如说写一千字，你用什么把它填满？有人用学识书本，有人用经验阅历；有人用一手的东西，也有人用二手的。所谓的原创就是坚持用一手的东西，这也是属于“怎么写”的一部分。

难度是一种内在经验，不表现在外。我们所见的外观上的难度大多出于某种炫耀，对作品而言是附加物。有时，这种附加物竟然成了作品的全部。习惯依赖附加的难度而惑人者最后落进了自己的圈套，目标变得降格以求。写作确有巨大的难度，但那是一种“轻易的艰难性”，或者“艰难的轻易”。

文学语言不应该是一种专业语言，不能成为某种圈子里才能理解的黑话。它应该是普适的又是自由的，便于被特殊的人性塑造，又被普遍的人性理解。

文学能力几乎等于叙事能力。语言、思想、学识、形式意识等等因素与叙事相比，其重要性都得靠后站。叙事是文学的基本功，亦是最终的目的。文学在电影、戏剧甚至诗歌中举足轻重的地位不过是因为叙事，因为叙事之必需。也可倒过来说，影视、戏剧、诗歌中叙事的成败是其文学性成立与否的关键。

风格即缺陷。不是作品的缺陷，而是能力运用的缺陷。从这个角度去理解缺陷，满足于自己的所有所没有是尤为必要的。

文通句顺以使思想流动。对无内容者而言，文饰才是必要的，无论是以炫耀的方式还是以洁癖的方式。

....

即兴写作是对主题性写作的一种解放，我们曾迷恋于此。

自觉的写作者，或作品主义者，终将转向主题性写作。主题性写作是其必然之路。

即兴写作发散能量，主题性写作凝聚能量。

主题性写作和主题先行没有半毛关系，它不过是有作品目标的写作。和作品体量也没有关系，但和写作的深入程度有关。

主题性写作是严肃的、审慎的。

即兴写作和自然、真实也没有半毛关系。更危险的是它会堕落为一种表面化的方式。习惯性流产。

杀鸡焉用牛刀，但，习惯杀鸡后牛刀也就成了杀鸡刀。反之亦然。

你要撂倒的东西将成就你根本的技艺。

关于功利。有一种立竿见影的功利，有一种无法兑现的功利。把功利推至最远处，遥不可及，实际上就免除了功利的干扰。

有一种追求效果的虚荣，有一种为失败而战的野心。宁要真正的野心而拒绝虚荣。

主题性写作具有针对性。面对一个问题、一种可能，或者就是吉尔伯特所说的“重要性”面壁凝神。

主题性写作和阐释主题无关，但寻求答案，其过程和目的类似于解题。

面对一个东西，要得到一个东西，这二者之间的关联和张力。

我终于把它写出来了，终于抓住了……如此等等。

目的强于过程，折磨大过轻松。是一种避轻就重，而非相反。

几乎是一种责任。马克思言，无情世界里的感情。主题性写作就是虚无之事里的某种郑重。

....

文学性不会过时，人类永远需要故事，问题在于新故事的诞生，比语言形式的革新更稀缺。实际上一个具有原创价值的新故事，即包含了对形式方式的不同要求。

故事不仅是时间上的因果关系，也是人与对象之间的空间关系，包括人与人之间的关系。如此理解就和结构之类的说法相契合。

需要记住，故事即关系。

写作需要知识，但绝非知识，它主要是由感知系统把握的事。你可以变得富于经验，但这经验最好是经过磨炼越发锐利的敏感。熟练在此等而下之。

中国传统哲学基本上是一种停止了“进化”的哲学，由后人加以注疏、阐释，最好的情况下可借机发挥。这和西方哲学本质不同。中国近代有思想家，但无哲学家。思想家和哲学家不同，后者是在特定的专业系统内进行工作。西方哲学思潮对中国知识分子有很大冲击，但即使是高校专业出身的人，大多也只是运用已有的体系、框架对中国事务进行分析、解释，就哲学本身而言鲜有创造性的发明或者发现。

诗人和哲学的关系，在中国还不如说是诗人和思想的关系。

奥斯维辛之后不可能再写诗了。这不是冷静的思考，而是某种情感的表达。但情感所达到的深度有时并不比理性思考肤浅。目睹屠杀和疯狂的暴行后，不仅觉得难以理喻，对人生的意义升起怀疑和绝望，也会将某种虚无和恨意转向有价值的事物。相形之下，不只是写诗令人难堪，任何艺术、娱乐甚至爱情都那么难以忍受。巨大的裂痕，一边是近乎无限的恶，一边是微不足道的善，的确无法形成正常的比例关系。

我喜欢保罗·策兰，但他无法被模仿，甚至受其影响都不可能。

策兰特殊的气质和他的经历有关。接上面的奥斯维辛话题，世界的苦难总是需要具体的人承受；但是否承受，从来都不是一个理性的决定。对一些人而言，它的降临是不由分说的，并无选择或逃脱的余地。这是一种极大的不幸（有别于可选择）。事后的康复几乎没有可能，最多能维持表面上的正常。尤其是心灵敏感的人，面临的则是不可面临的真实，承受的是不可承受的恐怖。实在没有办法和这样的人比较才华。保罗·策兰的诗所发出的是一种碾压时被粉碎的声音。唯有叹息、致敬。

在限制以内做事。限制即舞台，特殊的舞台造就特殊的美学。对限制的认识即是对这个舞台的认识。把限制视为某种规则，在这一高度上去理解。

为什么存在自觉自愿地站队？文艺的或商业的，严肃的和通俗的，大众抑或小众……或许是想在对立中获得价值感和信心。但对立的价值不过是相对而言的。能不能没有敌我只有同仁？

我喜欢黑色，某种烟熏火燎的感觉。戈雅晚年的“黑画”、一部黑电影……黑，但不是暗。

我要的那种黑不存在于黑白之中，存在于五彩之中。

现场不需要氛围

现场不需要氛围，好演员带来氛围。

好演员需要很强的同理心，感同身受才能深入角色。并且，这里的同理或者同情是没有是非的，近乎智慧。表演因此成为一条修行之路。

以后拍戏尽量不用动物了。被捆住的鸡、被控制的小狗……对人反倒可以如此，因为责任感和荣誉是一种补偿。

（谈电影镜头）要近，局部和片段。对象的个体性是不完整的。暗示某物的存在，但不充分呈现，这即是视觉的抽象方式。

电影有个物理层面，技术方式镶嵌在此，勾连起艺术化的表达形式。但最核心的仍然是创意及其细节。贯穿各个层面固然重要，但更重要的是你得识别出问题和建议来自哪一层面。

好演员有一张麻木不仁的脸，心里面却翻江倒海。

进入所谓的角色，不如进入具体处境。一劳永逸的东西一般不牢靠，即时反应在此优先。

状态没有正确与否的区别，只有有状态和无状态的区别。没有状态剩下的就是演员的状态（姿态）。

状态总是具体而即时的，但深刻的状态是隐蔽的。

关于表演。有状态比没状态好，没状态比力求状态好。无状态的时候唯有依靠对导演的信任。必须中止的情况只有一种，导演无状态（信心）。

我拍的真不是文艺片，就像我从不写文艺小说。

好的表演外部动作小，内部动静大。念头、心绪、信心等解决了，外在表演自然到位。观看是由表及里的，演则相反。

好演员和导演的控制欲不相冲突。即使毫无外在发挥的余地，如木偶般被人摆布，内在依然是一块自我的领地。

好演员不需要多才多艺，甚至于相反。而且，一般来说他是紧张害羞的。

角色不知道，但观众已知道，这是通俗剧。观众不知道，但角色已知道，最后会揭秘，这是情节剧。角色和观众都不知道，只有导演知道，这是实验剧。角色、观众、导演都不知道，这是超级实验剧。角色、观众、导演都知道，大概就是白痴剧了吧。

....

不必成为最好，只需能认出最好的就已经足够。这种天赋有时比你所追寻的东西更有价值。

现代艺术的价值来自差异，而非高下。在同一种方式里讨生活以期卓尔不群的时代已经过去。不同就是意义所在，就是价值本身，但这绝非易事。只有从个体内部渗出的特质才能保证这差异不是某种赝品。如今的大师是一座座孤峰，而不是在同一个山头上爬得最高的那个人。

文艺有大潮流、小潮流之分，在大潮流里扎根甚为必要，就像你若生活在古代只能写唐诗宋词，写自由体不仅不可能，就算写了也不算数。再不着边际的写作方式也会受到历史时空的限制。但小潮流却是应该警惕和抵抗的。一种风气，众人附和，但很快就灰飞烟灭。

学术挺好，但如果要在更大的范围内产生影响，不在于培养半通不通的读者，而在于作者有能力跨越专业障碍，形成更加灵活的表述方式。

精微挺好，但也许应该是一种具有朴素精神的精微。奔逸也挺好，但应该是一种谨慎态度支配下的奔逸。

说毛焰技术至上是小瞧了，那不是一般的技术，几近于道。某种意义上的“道成肉身”，道在形象中。

都在探讨所谓的原则公理，大范围的，小范围的，普适的，独家发明的。但有什么是你的所好、癖好？什么又是你的所长所短和挥之不去？

巴望别人不行、垮台乃出于一种原始的生物性。艺术家以此作为动力是很危险的。在想象中别人挡了你的道，难免会成为被迫害狂。岂不知“大路朝天，各走一边”的道理？真的走在同一条路上，又怎能不怀有同路人惺惺相惜的情谊？

市场无论如何畸形，都代表一种制衡力量。因此对它最猛烈的攻击往往来自体制，似乎有什么东西被夺走了。也的确有东西被夺走了。

比较而言，一些人的知识相对专业和个人化，并不见多识广，但表述更特别。在他们那里，与时俱进的压力几乎没有，热情主导下的志趣相投反倒随处可见。令人感慨。

我赞成个人的极端倾向，但不赞成将其推而广之、不尊重对己而言的异端。对异端的肯定不在于自认是异端，更重要的是看重那个“异于己”。

……

文艺需要创新，因此有破坏和重建的不同层面。先锋侧重破坏，或者说以破坏的方式建立。因此它是对立者、反叛者、革命者。因其词语的褒义色彩，先锋也是自以为先锋者的自我美化。但我们的确需要在某种幻觉的激励下行动。

寻求变化有时并非是纵观文艺史的结果，只是出于对流行的厌烦。对流行的屈从其伤害通常更甚于对历史的屈从。就此而论，厌烦造成的动力是可以信任的，也是第一性的。而审时度势所宣称的革命说到底是一种策略。

创新不仅是针对未来的回应，也是对过往价值的打捞，使之灵光重现。但其动力最好来自对流行的厌烦。因为无论乞灵于未来或乞灵于过往，都很容易成为逃避的借口。有抱负的艺术家在他身处的现实中，无论居于主流还是边缘都会深感不适。

只说半截话，因为无须多说。提示性的语言可以穿越缝隙抵达深处。话语一旦形成气势就作废，是气势在起作用。抽吸和气势的作用相反，不言之处开始抽吸。少说和不说不一样，后者是喑哑而非沉默。沉默是一种抽吸。

讽刺针对伪善，荒诞不然。荒诞并不针对具体的现实政治或者性的禁忌。讽刺有解，渴求真实；荒诞无解，就是真实。荒诞和戏剧性有亲缘关系，讽刺不然，其动力来自一种本能或者生存压力。

如果归类的话，讽刺隶属于生存美学，荒诞则属于存在之神秘范畴。

国产文艺作品针对现实政治和性之禁忌的讽刺比较多见，追索无所依凭的荒诞则较少见，几近于无。其讽刺对象从具体的政治象征到相对永恒的性事可谓是一种进步，但仍然没有跳出生存抗议的范围。荒诞可以有政治或者性的内容，但并不针对这些。

应该将所有的艺术都看成是过程艺术，以免于目标艺术带来的狭隘和关于永恒的幻觉。

孤立、僵化的想象和幼稚的野心相伴便进入了死地。克服之道是前往完全的陌生，由于冒险会激起真实的专注，以及对协作的需要。后一点可以对治极端的个人主义造成的狭隘、排他。

对一部半成品，需要的不是计算，而是思考。需要思考的不是你要什么，而是它欲成为什么。

对判断而言，偶尔的一瞥和第一眼都非常重要。加上念念不忘的一念。所谓审慎反复的过程往往就是为了这三下，一瞥，一眼，一念。

把棋下到棋盘外面去不是我要做的事，下出经典的一局也非我所能。要做的也许只是改变一下走法，比如我们可以玩玩五子棋，或者把象棋下成跳棋。

……

就小说写作而言，现实主义可说是基本功，它的灵魂是戏剧性。换句话说，只有强烈的现实主义才是现实主义。从弱的一边偏离，现实主义便沦为素材。通俗现实主义则是戏剧构造上的因循守旧。

为何总是要开天辟地？试图做一个面向未来的源头？所谓的源头是不可追溯之遥远，并非是不可测量之宽阔。创造之道的真理的确有关无中生有，但并无可能从我开始。这是维度不同的两件事被混为一谈。

我对专业性的理解并非技术上琐屑，首先是专注，其次是创造性的适应。

对一个创作者而言，自我认识的关键是判断力，尤其是对自己所能的判断。低估会造成游移不定，或者患得患失，对原本可以抵达但终究没有抵达的目标心存不甘。高估就不说了。恰如其分地估量自己也是一种果敢。

即使是职业化的合作也需要内心的热忱，需要目标一致。因为我们所做的事在定义上是超越功利的艺术，而不是单纯地生产产品。

思考最抽象和最具体的，不讨论时髦之事和国家大事。这便是专业和严肃，以免于社交生活的泛泛。

创造不仅体现在原则、观念、结构、形式、样式的表达这些大的方面，在细部、连接处、质地、肌理以及内容、原材料等方面也有所体现。创造的宇宙学必须取得创造的量子力学的支持，否则就会堕入有关宏观的浪漫狂想。

在这个时代，隐逸者尤为可贵，但有一个前提，就是虽隐逸但不孤愤。专注于工作和思考，只是无暇顾及现世虚荣。如果没有这样一些人或者这样一种存在，整个社会的精神实体将被蛀空，呈现出某种蜂窝泡沫状。实际上已经是这样了。

在某种意义上，我们必须被时代所抛弃，这正是一种力量之源，关键在于你如何体会这件事。如果你因此而忐忑不安，那就滥用了机缘，脚踏实地的安然立刻化为下坠之力。虚无而灰暗，这大概是我们通常的反应。

人类的精神历史即是价值的历史，的确需要擎天巨擘支撑起绝对高度，但更多的时候却是被杂物甚至垃圾填充其间。后者抬高了地面，削减整体空间。天才不断地释放空间，平庸者不断钻营，因此之故，历史既虚无又生动。

第三部分　生活和超越（2010—2018）

一些人认识很多年才走近起来

一些人认识很多年才走近起来，这样也不错，就像存钱，感觉甚好。

于坚当年说，我们一辈子的奋斗就是为了装得像个人。如今被人改写了：我一辈子的奋斗就是为了牛逼。这是一种堕落。

虽然也知道有伪恶这回事，但比较而言，我还是对伪善更过敏。从某种意义上说，伪恶是被伪善逼出来的。

人吃的动物基本上都是吃素的，或者杂食（猪、牛、羊、鸡），豢养的宠物基本上都是吃肉的（猫、狗）。

错过是什么意思？没有接触，哪有错过？接触，然后错过了，这是真实的，或许是遗憾的，甚至是悲哀的。没有接触的错过是幻觉，或者只是一种说法。

对真正的天才而言，智慧和生理阶段是成正比的。释迦牟尼三十五岁悟道，耶稣至死都是一个青年（三十三岁）。生理衰退了，智慧却增长，那是我们这些凡夫俗子。其实增长的不是智慧，社会经验而已。与生理同步的智慧或聪明总是让人惊叹，这不是青春崇拜，而是对协调之美的一种敏感。

我对人的聪明敏感，尤其是对年轻人的聪明敏感，因为看上去就像是无限的。可惜大多数人没有抵达那个可能的点，聪明就随生理的衰老而衰退了。中年人的智力骄傲一向是一件可疑之事。晚年也许另当别论，人的智力有可能脱离生理再次放飞。

所谓庸俗就是沽名钓誉。凡是认真干活的人都有超脱的一面。

性感是什么？不是任何意义上的炫耀，是引而不发。当然“引”得久了就没有了。

这是一个颠倒的世界，很多事都需要倒过来想，并不为词语所惑。尤其是定论，不假思索你就上当了。

丹津·巴默说，男人修行最主要的障碍是性欲，女人是喜欢享受。反过来说也成立，在世俗生活中男人应该有性欲，女人应该喜于享受。

身体不是机器，不是你的车，只是使用，一旦出了问题就找修车店（医院）。对所用之物我们尚且爱惜，何况身体呢？对身体只用不爱的态度说到底是粗俗的。身体，是别人（上帝？）赠予我们的一件礼物。

老年人应该穿好点，干净点。小孩子无所谓。年轻人尽可以邋遢。

谁都是第一次做人，第一次做年轻人，第一次做中年人，第一次做老年人。这种新鲜感以及欣喜需要加以表达。

代与代之间的确存在权力之争。压制孩子、抛弃老人几乎是一种社会共识。中年人的确很累，迷醉于权力，因为来之不易，更明白好景不长。终于轮到了，但马上又将失去。天降大任或者颠扑不破都是一种幻觉。对曾经获得权力的人而言，失去权力犹如死亡。实际上一代代人就是这样死去的。

………

我们为之担忧、以为命悬一线的事情，五年以后还会存在吗？但你还是会担忧，觉得命悬一线，但事情已然不同了。

深圳阴雨，妈妈三次吸氧，无法喘气。她说，我恨不能拿一根棍子把这些窗户都砸掉呀！此生中她从未说过此类暴力的话。稍稍缓和以后，她又自我解嘲说，要是我真拿棍子把窗户都砸了，人家就会说那是一个疯老太婆啦。说了好几遍。

累得精疲力竭，似乎只是为了躺下去时说，啊，我终于把自己放平了。如此满足愿望也不错。

不希望、不承认变化是痛苦的一个根源。

其实不是病苦不能接受，如果它的结果是康复，很快我们就忘记了曾经的病苦。如果结果是死亡，它就变得十分可怕。不能接受的是后者。但死亡应该是可以接受的。

不孝是因为我们觉得父母不会死。只有以为他们不会死，我们的心肠才硬得起来。

如果我们的意志总能贯彻，愿望总能实现，那将是一件可怕的事。

不是有意的，完全是阴差阳错地陷入了孤独。这很好，真的很好，因为事情原本就该是这样的。如此才可能与陌生之物交往。

痛苦是虚无的根据，也是价值的根据，应该据理力争。但痛苦本身却无法缩减。

无辜生命受苦，即使是上帝也无法解释，除非那是一个伪上帝。

人生大多的时光是虚无的，或者混沌的，只有在痛苦中，意义才显露。为什么让人恐惧和让人满足的东西挨得那么近，就像排泄之所同时也用于生理高潮？这是某种奥秘。

感同身受、推己及人几乎不可能，这是我们注定孤独的原因。同情只发生在一个频道上，或者一定的幅度内，超过界限谁也听不见谁的声音，除非真的轮到了你。

此刻，我感觉到美好，也感觉到痛苦，各在一边。哪一个更真实呢？因痛苦而美好，因美好而痛苦，但总的来说还是痛苦。

妈妈说怕连累我们。实际上直到此刻她的恩情仍未止歇，给了我一个伺候、共苦的机会，以完善我的人生。

猝死对死者来说是幸运的，对生者而言是极大的恐怖和难以下咽。有过程和挣扎地去死，对垂亡者来说非常恐怖和难以下咽，但生者渐渐地适应了，也可以接受。所以要感谢，她留给你的总是比较好的那些。

有时候你会感谢死亡，因为它可以结束痛苦、煎熬。你盼望它早点来临，就像盼望一个福音。

“挣扎”一词让我想起案板上的鱼，人何尝不是如此？但只有在至亲或者爱人的眼睛里才能看见这些。

每天去妈妈那里，心里很是恐惧，不知道又会面临什么，总是急切不已。真的到了，无论面对什么反倒平静了。机械地、自欺地，甚至是欢快地忙活个不停。然后我离开，回到住地，写点什么无非是一种宣泄。

········

我们这代人开始时都是小瘪子，后来经过一次分流，有人富了，有人依然很穷。那可是人生巨变，令人印象深刻，但思虑千万不要停留于此。下面将面临又一次分流，有人健康，能跑能动，而有人病卧在床……

做事的要点是，抓住主要线索，加以连接。没有必要到处去说、多方解释。那样既浪费精力，又有一种已经在做的错觉。

推己及人是一种能力，既必要又基本。

日子就这么过着，对不同的人来说，色彩、味道各不相同。共享时光难，分担忧患更不易。只有境遇相似的人才说得上同甘共苦。

不辩诬肯定是美德。

贪婪是文明的原动力，不可能是别的。

习惯这玩意儿很强大，而且根本，就像本能，甚至比本能还要难以撼动。好习惯使人一生受益，坏习惯让人万劫不复。习惯才是命运。

....

有庸众一说，似乎是没有头脑的一群。但精英分子成“众”以后情况是一样的。因此不容于庸众的是个人，而不是精英阶层。

组织、集体氛围是取消智力的。其中的个人总是那么聪明，通情达理，一旦为所在的组织辩护、陶醉于集体共识，就变得那么生硬，以至于面目全非。

宗教的平庸来自组织和集体气氛。宗教的绝对价值则来自个人和真理的直接联系——单线联系，至少涉及其中最深奥的部分时理应如此。

组织化的宗教保存了某种传统，这传统对“复活”真理起作用，但不应被视为真理本身。传统和个人履践结合，真理才得以显现。

参加宗教组织、过上宗教生活，离真理仍然可能很远。据此认为比非宗教人士在真理问题上更有发言权是不可能的。真理不是私有财产，不关系到血统、继承权之类。

警觉的人不丢东西

警觉的人不丢东西，睿智的人不找东西，丢了就丢了。我们可是丢三落四，还像患有强迫症似的非要找到不可。

沟通往往不是为了达成一致，而是重申，虽然不一致但我们是一伙的。人与人之间的关系就这么脆弱，需要一遍遍地重申或者强调："不管发生了什么，我们的关系不变。"越是亲密的关系就越是需要不断强调，因为亲密是脆弱本身。

不需要强调的关系是一种什么样的关系？或者互不相干，也无意于结盟，或者真的牢不可破。

有人建功立业，有人树立标准，后者要困难许多。而且，树立标准的人往往是失败者，极端的例子如耶稣基督。但在这个世界上岂能无标准、无尺度，而只有英雄豪杰的丰功伟绩?

马克思喜欢的格言：我怀疑一切。如果连"我怀疑"也加以怀疑，我觉得真的了不起。没有什么东西是可以倚仗的，虚无是抵达真理的最后台阶。为什么有人认为怀疑和虚无是真理的敌人？真理的敌人只是虚假和目光短浅。

伪善固然可恨，伪恶也不可依持。可以说伪善就是真恶，但伪恶可不是真善。真善超越纷争，甚至它的名字都不是“善”。伪善和伪恶缠斗不休，都想获得道德上的制高点，在这一点上它们是一样的。

那些天生和平的人，肯定有更多的富余精力。

被战斗所激发的能量是可疑的，实际上它不孕育任何新东西。需要的是分娩，而不是抢夺孩子。

解脱了别人就解脱了自己。所以，需要去想对方那么做的道理，想他的道理而不是想自己的道理。洞悉人性不是把对方想得像他那么坏，而是像你那么好。

人的确是共苦容易，同甘难。所以大家在一起就别扯什么“将来我们发达了……”之类的了。

别做受虐狂，哪怕一点那样的意思都别有，但也不要试图拯救任何人。

要虚度。我们的追求都太过实在。虚度和专注都是我喜欢的，并不矛盾。

得过且过的虚度充满了不得已，心理上不可取。要虚度就理直气壮地虚度，但很困难，除了孩子可以这样（既虚度又专注）。

虚度使人优雅，奋斗使人粗鄙。

要认真，也要虚度，要专注，勿涣散。不要忽而轻浮，忽而在乎，忽而分心，忽而一根筋地非要成功不可。

修正行动，但不要自我谴责。

接受我的现实，但不接受世界的现实。接受就是解放，不接受是希望所在。

....

人的可怕在于能力，从某种角度说，能力本身即恶。心甘情愿地无能是圣人行，或者有能力而不使用就是圣贤。

人类之恶在于他有能力作恶，虐杀动物是因为比动物更聪明，或者更有能力。能这样做而不这样做，我们能做得到吗？如果外星人比人更聪明，和人类遭遇、虐杀人类就是顺理成章的。能力并不意味着慈悲。

几乎所有的人都追求能力或者能量，认为它没有方向性，和善结合就行善，和恶结合就作恶。但很有可能，能力本身就是需要警惕的。所有的丰功伟绩不都是以善的名义进行的吗？但在实施中难免伤及无辜。也许不求有功才是一种善，至少是善的发端。

有人喜欢同时做几件事，我比较无能，一次只能做一件事。在事与事之间还得有时间间隔。

如果一个人对自己的工作、所做的事不能自嘲，没有质疑或者幽默感，完全认同，那是很可怕的。

认真是对具体事的认真，比如写字，你得一笔一画毫不含糊，但若说到整个写字这件事也许是没有意义的。相反的情况是，一笔一画敷衍了事，但说到写字这件事时庄严感立马油然而生。

处于劣势时你气壮如牛，那令人佩服。处于优势时的那股牛逼劲儿就不免低级。

有人工作是为了分享，有人是为了吸引崇拜。这是有区别的。

谦卑肯定是一种美德，不是在强权势力面前，而是在存在的浩瀚和易逝的时光前。

的确需要有良心的专业人士，各个领域都如此。很多时候专业人士的良心就是尊重自己的专业，就是一种自尊意识。

纯洁的人把手段当成目的，不纯的人把目的视为手段。

不择手段，或者信奉一切皆手段是混世魔王的哲学。一切皆目的则让人慎重、纯洁和超越。

宁愿伺候人也不要人伺候，因此再苦再累也就甘之如饴了。

……

朴素不是只能过苦日子，不能过好日子，而是苦乐都成，不加以追求。超越概念或者没有概念。

苦大仇深是一个陷阱。谁说贫穷不伤害人？不仅会伤害，而且有时深达灵魂。如果贫穷不让人变形变态的话，为什么还要摆脱？将贫穷浪漫化是有害的。拒绝贫穷与罪苦和摒弃穷人、罪人是两回事。尊重穷人和罪人也不意味就赞成贫穷、罪苦。我们往往将二者混为一谈，在面对贫穷和罪苦现象时不免显得无所适从。

一些富人也觉得富不是什么光彩的事，大声地赞美贫穷。我倒宁愿他们炫富，而不想看到他们赏穷。贫穷光彩夺目之日，就再没有人看见人间疾苦。

贫穷，只有在自甘贫穷的人那里才是美的，不应该作为公共的道德理想。这种特别的美也不应由财富占有者描画、出售。

一个人没有权力要求别人过苦生活，哪怕这是一位父亲或者母亲，哪怕他自己过的是苦生活。我们都希望所爱的人安全、富足，享受世俗之乐，相反的愿望既违情悖理，也是一种刻薄。

仇富情有可原，因为分配极大不公，因为如今的富人之富源于某种合法抢劫。但仇富伤害不到富人，受伤的只可能是仇富者自己。这和富人唠叨的世风日下是两回事。

········

中土出家人不吃肉，原始佛教僧团有肉就得吃，因为是乞食为生，讨到什么就得吃什么。后者似乎更接近佛法精义。

为什么那么严厉？为什么那么凶？大师父从不这样，小徒弟不那么自信，以为他信奉的东西很脆弱，需要大力捍卫。

我不禁会想，佛陀和耶稣是一拨儿的，而他们的信徒之间隔着何止千山万水。

这两天刷墙，快刷完的时候才觉得顺手了。也许其他的事情也一样，快结束的时候才觉得有把握。人到死的时候才知道该怎么活。

我喜欢的格言。关于写作：不怕慢就怕站。关于生活：自助者天助。关于存在：他人是甘泉。关于超越：跌到高处。

幸灾乐祸主要还不是变态，是大大的不祥，会招致灾祸。

人是习得性动物，可以说学习是人伟大的天赋。就连标新立异、与众不同、独创这些令人称道的姿态也是学习、模仿得来的，是通过学习才知道其价值的。所以，尽量地学习吧，但要学习好样儿的，不要学习糟糕的。

学习不是耻辱，卖弄才学才是。独创是光荣，审时度势的标新立异则因为虚荣。

习惯于无聊的人不会感到无聊。习惯于工作的人，一旦无事可干那真是无聊。要让无聊不那么尖锐，你就得稀释它，不要那么一根筋。

无所事事的人不要自责，如果有一丁点儿自责你的生活就是有毒的；努力工作的人也不要自得，有一丁点儿自得你的生活不仅有毒，而且是剧毒。

正义的特征总是犹豫不决

正义的特征总是犹豫不决，害怕伤及无辜。雷厉风行、义无反顾不是正义的目的，最多是不得已的手段。尤其是正义的执行者要明白其间的这份重量，否则就会滑向邪恶。邪恶往往就是不假思索地激情泛滥。

正义有时需要某种担待，担待某种道义上的缺憾以及良心的痛苦。为救人而杀人，还是杀人。如果只保留救人的高尚抹去杀人的自责那是魔鬼所为。想当圣人的人往往会变成魔鬼，因为拒绝理解人的真实。

那么多美好的情感以愤怒的方式表达，崇高的信念以捍卫的姿态彰显，所以说，既无美好也不崇高。

面对不平，你只需怜恤、助人就够了。在信念中，只需忠诚、快乐就够了。眼泪和欢笑已经足够，怒火和武器带来的只是绝望。

正义的前提是不要自我感动，讽刺的前提是能够自我调侃。

在这些强拆、抗暴事件中，为什么自焚、自毁的行为没有人提出异议？虽然那么做有其直接具体的原因，属于弱者绝望的反抗，但还是太可怕了，不应该赞同。

反抗、对立、攻击、愤怒、刻薄……其实都没有问题，只是不要爱上这类姿态。一旦爱上并习惯了，你就不再动脑子。也许只有自我否定是正当的。没有自我否定的成分，无论取怎样的姿态，都没有意义。

就精神氛围而言，目前中国式的兴奋停留在物质抱负阶段、理念抗议阶段。激动而不自由，愤怒而不欢乐，堕落是挣扎而非享受，奋斗为获取不为满足。干涩缺少滋润，强硬少见柔弱。没有和平，没有余地，没有幽默，没有真的狂喜。没有精神向度。总之不算是艺术创造的好时光。

………

最低下的和最高尚的互相接近，我怀疑它们是不是一回事或同一件事。比如像苦力一样地工作，安于低等劳作的命运，也是不求闻达的超越之举。超越，也要求取消目的，或者一切皆目的，取消自我命名。都做不到，那就不免患得患失，被欲望之索吊起来任其摆布。

弱肉强食是宇宙法则，如果你认同这个法则，有能力欺负你的人欺负你就不要觉得有何不公。超越的意思是既认同，也不认同。认同对方欺负你，不认同你欺负别人。我们所做的一切与此相反，这便是万劫不复的原因。

福德不是敛聚某种无形之物，而是舍弃导致的福分，和基督所言的“八福”是相通的。“虚心的人有福了……哀恸的人有福了……”福德不存在于你的努力中，存在于你和世界的关系中。

读书，有一句话很有意思，灵魂是挂在大脑上的，就像衣服挂在衣架上。“挂”字很传神。

你的行为不完全是根据处境来的，同样的处境可成为不同行动的借口。比如知道自己去日无多，有人积德行善，忙于弥补，有人则及时行乐，甚至有人大开杀戒。有更深入浓郁的东西左右着我们。我们是感性的、活生生的存在……

理解在聪明人那里并不是一件困难的事，但接受就另说了。接受需要改变自己，这才是困难的。并往往因此，我们拒绝理解，能够理解而拒不理解。我们的智力为我们的存在辩护，因此就显得很有限。

真正的坏人是那些没有悔过之心、拒不道歉的人。坏的国家和政党也一样。

一个决定，然后就是习惯，习惯的建立、习惯的培养、习惯的解除……这是痛苦的过程。决定则轻而易举。

众生平等是迄今为止人类最美的思想，是思想而不是幻想或者想象。几乎所有的人都在追求卓越不凡（在各自的范围内），但死亡使一切努力顷刻瓦解。死者的伟大是虚构的，伟大者只有死亡本身。

人是焦虑性动物，精神指向未来，没有计划、筹划是不行的。区别也许在于，你是在一个计划之中，还是计划在你之中？换句话说，你是被迫适应一个计划，还是打算自我塑造成形？外在的江河流淌和内里的血液循环皆不舍昼夜，你倾听的是哪种声音？

人生注定要吃苦，区别就在于是自愿吃苦还是被动吃苦。被动吃苦常常表现于追求外在轻松与自由，不愿约束自己。任何自我训练（接受训练也算）都是自愿吃苦。不吃自己给自己的苦，那就得吃别人强加给你的苦。

....

从年轻时就经常想，明天起一切都将改变，但结果并未如此。但总是这么想，渐渐地还是有所改变。随着年龄增长，那个开始改变的明天已经不多了，但那份幼稚和决绝，那种一厢情愿还是令人神往。

白痴天才或许说明了人的才智大致均等，也说明了集中能量的必要。当一些出口被堵塞，剩余的出口能量的涌现便会呈喷薄之状。

关于拖延症，约翰·佩里认为，既然没办法那就干脆积极、开心地拖延。他建议患有拖延症的人先做一些不那么重要的事，从而获得成就感，然后再做所谓重要的工作。他的“结构化拖延法”获得了“搞笑诺贝尔奖”。但拖延有其更深入的原因，这是一种自动休整或者积蓄的过程。

顺从。顺从于心声，顺从于预感，顺从于身体，顺从于命运，顺从于安排。不顺从欲望、意志和强权。

我疼故我在，所以说在是令人畏惧的。

欣赏异己也是美德。

你的一切都不是你的。一旦据为己有就有限了。原本就一无所有，还生怕失去，因此人之贫贱几乎是命中注定的。

福气是什么？就是能够给予别人的东西，能够给予别人的可能，别人和你在一起就获得了。你对他而言是那么好的因素、信息，是吉利的也是吉祥的。不用分享而分享，不用给钱就消灾。你的存在具有光照和感染性。也许你很坏也很自私，别人也说不出你的好，但就是愿意和你在一起，沾你的光而不自知。你不知道他也不知道。

普通人不等于庸俗，所谓精英也可能只是善于钻营的人。普通人中的不凡者和精英中的朴素者同样可敬。

没有受过不辩诬的训练，的确是我们美德上的欠缺。美感和道德，主要是美感。

立场是一件可疑之事，往往出于自我辩护，是与具有共同处境的人的一种相互声援。也是某种不假思索，试图一劳永逸地解决问题，取消矛盾和焦虑，进而成就一种可把握的教条原则。鲜明的立场有可能是极端主义的自我表达。难道你就不能什么都不是吗?

他们最爱干的事就是炮制偶像

他们最爱干的事就是炮制偶像，然后剥下他的面具。在这里无论热爱或恨意都是其脆弱心理的投射。其间并无真正的理解、欣赏和共鸣，也不涉及正义（担待、宽容、刚直不阿）。

好东西不是太少了，也许是太多了。我们的遗憾不过是那些好东西并非出自我手。

消费好东西是有时空限制的，不见得多多益善，多了只能囫囵吞枣。见识的确需要建立一个了解的面，而精深则是挚爱的表现。

我们总是要求多，要求无所不知，要求记忆力的四肢发达。记忆力的发达也的确如肌肉的发达，是精神生活中比较粗糙的部分。

极端主义或者源于情绪激动，或者是一种生存策略。在极端上肯定会有人买单，在一个极端上也更容易导向另一个极端。总之是瞄着极端的。虚构对立的极端用以获取力量至少是方便的。

做一个有能力的人、高端的人、上等人、精英，可以掌控左右局面是一种危险。对人对己。

混日子没什么不好，前提是你必须是自愿的。自愿的无足轻重其实很难。一般而言，凡人皆有功利，只不过有的实现了，有的没有。

建功立业、追求卓越必须聚集能量，可能量又怎么能不用于毁灭、伤害呢？这是一个大问题，几乎无解。因此保险的做法就是舍弃作恶的能量，即舍弃能量本身。

所有的混乱都源于自我，这是老生常谈，但谈得还不够。唯一可能改变的是自我，唯一难以改变的也是自我，而在自我之外却是不可改变的，或者，是不可被你改变的。最难的路有时候也最容易……

对自我的严厉转化为对他人的严厉，是一种失败。对自我的放任需要对他人的严厉加以平衡，近乎无赖。严于律己、宽以待人怎么说也是前提。

……

一个人说了很多话，回头一想，无非三个字——“我牛逼”。也有人直接告诉你他很牛逼。还有一种人也不说自己牛逼，只说别人是傻逼，剩下的他没说的自然是牛逼了。那个人就是他自己。

如果一个人骂别人，同时也骂自己，真的不讨厌。如果一个人夸自己，同时也夸别人，不仅不讨厌，可能还很可爱。如果一个人夸别人而骂自己，不仅可爱甚至有些可敬。但我们往往是骂别人夸自己，这真是一种本能。

立场从来是一件可疑的事，让你不由自主地站在自己的脚后跟上说话。如果你聪明，就说聪明好；有钱，就说有钱好；有文化，就说有文化好；没文化，就说没文化好。凡此种种都是自我辩护。什么时候你能为自己所不具有的东西或品格辩护呢？

最了不起的思想莫过于众生平等。最了不起的智慧莫过于推己及人。

平等比自由重要，因为关涉到与其他生命的联系。为他人而争取自由，平等是必要条件。精英主义的自由观所缺乏的正是这样一个前提。如果你与其他生命具有价值上的不平等，自由只能是少数人的特权或者贵族式的标签。

不要在悲伤的时候思念任何人，但可以因思念而变得悲伤，以至于从容不迫。

要告诉孩子们真正好的东西，不要一味地满足于他们的感动。孩子的敏感比你想象的要深奥，感动只是敏感较粗浅的层次。不要引导他们只是哭，以为咸才是味道。复合的调制才可能涉及生存的底蕴，那也是生命之杯本来的滋味。

敏感是天赋本身，裸露是一个问题。

见过一个精神病人的画作，是画在香烟壳上、用铅笔一点一点地点成的。他每天除了吃饭、睡觉就是点，一幅作品要点上一个星期。作品本身也令人印象深刻。

有趣和善意，集于一身者不多见。

龙钦巴尊者说，我们的活动如同孩子的游戏，如果我们从事活动，它们就不会停止；如果我们停下来，它们就会结束。

不要爱上自己的悲剧，但要顺从，这是不同的。

因果就像你借给别人的钱，历经辗转又回到了你手上。无形之物就像这有形的钞票一样流通不已。

好名好利不如好色。毁山毁水不如自毁。

我倾向于以貌取人，无论男女人没有不住相的。相不在于英俊与否，但说明了太多的问题。

我一般不向不向别人借钱的人借钱，特别喜欢向喜欢借钱给别人的人借钱。

虚无的灵魂受到力量的制约，甚至它就是运转力量的枢纽。如果我们真的排除了与力量的交往，还有灵魂或者诸如此类的东西吗?

....

老年人大多比中年人可爱，因为丧失，已接近消亡。二三十岁的人比四五十岁的人可爱，因为还没有完全获得。我们正走在人生最自鸣得意和不知匮乏的巅峰，除了欣赏可爱，已远离了可爱。所以说，任何打击和削弱都是珍贵的。

没有什么是可抱怨的，我们和这个世界一样不堪。真正的良善并不属于这个世界，是天赐偶然或者神秘的。不要鸣不平，倒是对方的善意和付出是件奇怪和不可能的事，足以令人惊诧，即可咬舌自尽。

世界如此糟糕，我们为什么还会眷念不已？这件事的确神秘。是不是因为死亡是早晚的事，想看看会有什么改变或者值得一活的事发生？但这一拖就是半生一生。

学习做人，变得有尊严，有涵养，有财富（物质和精神的）。有人爱，有人为之哭，然后死去。就像我们的一生都在搜罗这些陪葬品，永不餍足。

我们会变成什么样的人？会变成当年所厌恶和不屑的人，一般少有例外。你的内心不再挣扎和冲突，终于搞掂了，舒服了，完成了一个循环。

有一天我们的外壳终将坚硬，水泼不进针刺不穿，那块茧是向里面长的，一颗心终将石化。于是就安全了。

想想，我得到的已经太多，几乎所有的人间珍贵之物。友谊、信任、几乎完美的父母，自由、健康、工作的尊严。见识过世界上最美的思想、伟大的艺术，还有美丽的女人。要知道你的幸运，你的不配。这些都是暂时寄存在你那里的东西，要勇于失去。

………

这是一个颠倒的世界，价值重估也许和整体文明无关，但对个人生存而言却很有必要。高低上下好坏都需要从头想过，破绽和收获就在其中。秘密是公开的，只是显示在画幅的背面。

爱恨的情感必不可少，只是，我们从来都是爱自己而恨别人的。爱恨无辜，只是方向性的错误才让我们万劫不复。也许只有圣人才能扭转方向并保持强度吧？这件事上也存在着某种颠覆。

一生中交往的人无数，但你真正熟悉或者与你有切实关系的也就两三百人，就像我们的祖先生活在部落里时那样，和在村子里一样。但愿你和他们之间有同舟共济之感，而不要有任何意义上的巷战。

神秘主义是一切真实思想的基石。

一些人的生活被情绪左右，高扬情绪，在情绪下做决定，被情绪所奴役，把生活弄得一团糟，但却竭力推崇有关情绪优先的神话。殊不知，情绪乃是甚深情感摇曳的表象，有时它与我们深处的情感是相悖离的。

有时，做人的目的不就是为博取所爱的人欢心吗？博他们一笑，让他们高兴。

需要他人是一种苦难，被人需要是一种幸运。

只有真正高贵的人才懂得把幸运和尊严留给别人，自己宁愿受苦，接受对方的照顾。

宇宙之谜只有一个：无辜生命的受苦。

你亏欠别人的，只要有机会，他就会向你讨还，哪怕是以向你借债的形式。因为人的能力有限，善亦有限。

几乎所有的人都在追求相对值，而非绝对值，意思是追求比别人好，而非好。所以都好不起来。

温和的力量一向强大，却非常困难。

被一件事带动着向前走，和处于事务中有不同的时间感受。前者似乎使生活有了目的，有了奔头。后者好像快要被这一摊给压垮了，马上就要崩盘。

实在没事，生病也是一件事。这是一些人喜欢生病的原因。生病，把病治好或者治不好，总而言之有了某种目标感，会抵达一个地方。无目的的生活只有圣人才能甘之如饴。

在危险和艰难中才有真实的存在感。存在感就是随时随地和世界交换信息、调整认知，为避免肉体一死。在快乐的情感中我们出离了，飘了起来，位于存在的上空，无所畏惧。

幻觉无处不在，人注定要生活在幻觉中、布景中。真实或者直面真实会让我们惊恐不已，因惊吓而死。完全的赤裸几乎没有可能。

真实并不面目狰狞

真实并不面目狰狞，只是因为自我要生存必然以真实为敌。狗闻见虎尿味儿便瑟瑟发抖，生命的恐惧自远古传递至今。真实对自我的生存而言，就是这样的一头猛兽、猛兽的气味，我们闻得见也辨得出，所以会竭力回避。拥抱真实谈何容易？它不是人先天的品性，但可以是后天的觉悟和一意孤行。

有时，平凡的人犯下自己不能理解也无法承担的大错，这是令人同情的。

黑暗和虚无将跟随他数年，这是一个关键期，谁也无法相帮。或者重获自由，或者进入一个更坚硬的外壳。表面上的解脱肯定会到来，只是灵魂的出路有方向的不同。人就是这样变得纯粹和可怕的。

自由的情感不是快活，不是幸福，不是刺激，而是一种稀释至透明的东西。空间、流动、未知、可能性、不及物，如风一般，是块结的气化。

有两类超脱，赤子的单纯和经历世事以后的行动无碍。通过险阻障碍，要不你就得从胯下钻过，要不就从一万米以上的高空飞过。

但大多数人不上不下，既不天生丽质，也不够皮厚肉糙。

智慧之言读多了令人反胃，还是更喜欢朴素或者真心快乐的言语。

追求最好的，误我半生，应该避免最坏的，在各种事情上，包括做人之大节。

悲伤是生命的主旋律，避开它，逃向欢乐并非出路。唯有将悲伤扩散开，变成某种夕照般的世界观。你体会到某种近乎辛酸的幸福。真正的幸福从来都是层次丰富的。

不是意气用事，也非自暴自弃，而是切切实实地把自己看成垃圾，你就放松了。对人对己我犯下了太多的过错。犯错是因为能量，意识不到则因为可悲的自我。

爱恨和对象物相连，但在意识深处有个无人区，对象已不重要，甚至可以笑谈面对。但那印记还在，成了你自己的一部分。

把自己生出来如此困难，比你生出个人来困难多了。精神的出生就是你不再依赖任何人或者有这样的愿望。

别人传递给我们的东西一定会传递出去，比如爱。恨亦如此，甚至更加屡见不鲜，但这才是应该止于自我的东西。

自由的后果是什么？不是随心所欲，而是解除羁绊，也就是失去，失去珍爱之物，只为轻松上路。

由于软弱，或者由于谨慎，上帝、修行这类事对我而言的确是需要理由的。但像目前这么活着却不需要理由，一种延续或者惯性。不是因为它更好，而是业已存在，是既成事实。从此拉离是需要理由和力量的，甚至我也没听见任何召唤。

控制行为的并非思想情感或者意志，而是神经回路。思想之类只是在转变期才起作用。神经回路植根于大脑皮层并占用其资源，有用进废退的倾向。这种解释令人安慰。

所谓创造的幸福并不能释放痛苦，但可以塑造痛苦，将痛苦塑造成形。所以说，这幸福并不是一种快乐，而是超越感官或感觉的意义的获得。

我尊敬精神活动中的劳动者部分，像苦力一样工作或者就是一个苦力；也尊敬其中的受难者部分，如奴隶般服从或者就是奴隶。但我始终怀疑精神活动中的所谓贵族部分和占有者部分，理由就不说了。

....

集中注意力不应是瞬间现象，若能持续数年便是拯救。人生并无意义，深度即是意义，而深度是由持续不断的注意力开掘的。

只有纵深处才有另一维，才可能抵达另一个不同质的世界，而非更大更多的世界。

精神生活中，专注是首要品质。专注不是说瞬间的沉溺迷醉，而是经年累月的精力投入，用以开掘深度。

老子曰，知者不博，博者不知。就个体而言，生命的能量大体相当，当我们适当关闭某些通道，在压力之下仅有或者不多的出口处能量的涌现才会出现喷薄状。进入纵深需要压力。

也许只有纵深是值得追求的，平面是一种同质的重复。只有纵深处才有奇观，有不一样的东西。追求纵深就是追求质，追求质的差异。很多人以多为好，多即是好，相信量变到质变的蛊惑，实际上也许是无法进入质地，只能在表层打转。

在创造活动中会遇见瓶颈，这也许是深入的标志，而非无法前行。我们往往将此当成后者，以为自己的限度已到。越过瓶颈就有新的质地。实际上你能遭遇并越过多少瓶颈就能看见多少奇观。通道尽头天地辽阔，但这并不是最重要的，最重要的是这天地是新的，完全不一样的质。总之我不太相信顺风顺水。

中国传统中有功夫的概念，是指其实践的强度和专注。西方人没有功夫的概念，但看看他们是如何工作的，你会汗颜，尤其是你出自一个所谓讲究功夫的传统。今天的中国人太聪明了。

在精神和创造生活中应该选择把牢底坐穿，而非走遍四方。前者是不可能的奇迹，后者是可能的奇迹，但也逐渐变成了一种常规。

只要是生命中的主题，便会重临。在此一生中一劳永逸地解决问题、直线式地克服险阻大概是痴人说梦。重临可以带来进一步的了解、深化，重临并深化主题才有可能触及存在的根本核心。

·········

你如何要求别人比你更仁慈？为何因此而责难？人同此心同的并非只是一颗善良之心，也是一颗冷漠之心。明白自己的良善一点也不重要。

三观中竟然不包括审美，这有点要命。美感几乎是生理性的。残暴不仁对垒平庸恶趣，前者不会因此更善良，后者更不会因此而超越。

和朋友谈及男女之爱，这件事的确近乎永恒。但永恒的是关系和角色，你扮演何者却不一定。一个故事里你是压迫者，另一个故事里就可能是被压迫者，但总得有压迫和被压迫，否则紧张感何来？在你是深刻的经验，对方未必如此，但他总得寻求深刻的经验。只有在被压迫被摧残的情况下才有这经验（或体验）。爱是永远的悖论。

公知们有无自我批判的倾向，既决定了他们是否诚实，也决定了他们的力量。

不要爱上虐待狂，也不要成为受虐者。坚持对温柔爱意敏感，拒绝被冷漠吸引，终止这冰冷之物在人与人之间的传递、循环。别人在你身上建立的虚无就是虚无，不要贴上任何自我安慰的标签。冷漠者自可以享受他的冷漠，你只动容于彼此间的心心相印。

历史有其狰狞面目，那是各类理想主义者、野心家、大能者和英雄、强人创造的。又有其温柔梦幻的层面，那是艺术家、书生、手艺人、匠人和哲人创造的。他们的人生无能，创造物无用，却给这个糟糕的世界带来了仅有的温度和笑容。以作家、艺术家之名攫取社会能量是一种禁忌。

很多误解都源于试图证明智力上的优越。思想不是用来证明思想者的卓越不凡的，遑论思想之表达?

一些人以占有物质财富的贪婪占有精神财富，腐败是必然的。

人心只是映出了世界的无垠和悲伤，不可能超越，消化更是不可能。

意想不到的快乐才是真快乐。预料之中的痛苦是真痛苦。

世界之美，人所不配，除非你是这美景中不可或缺的因素。

结交更多的人有时不是为了扩大交际圈，而是为了减少对小圈子的依赖。也许这很有必要。

“群居”让人温暖，信心倍增，但也是产生偏见的根源之一。要结识一个一个的人，不要结交一伙一伙的人。但愿我的朋友散布在世界各地，彼此之间保持单线联系。

你的力量从何而来？应该从孤独中来。人多势大，力量很快就衰变了。

鲁迅说中国历史无非是“吃人”二字，我看是黑暗，缺少超自然的光照。佛教并非本土智慧。道家有一点超越倾向，但过于孤僻阴冷了。余者所论则仅限于智识阶层的安身立命，于超越性的真理基本无涉。

没有家庭温暖的人

没有家庭温暖的人混得再好也是孤魂野鬼，对此应该有人负责。但愿他的余生有一场深沉的爱情和来自对方的真切关怀。

使命不是自己谋求的，是被赋予的。接受使命的人往往很被动，并不情愿。但他的确已经准备好了。这是区别所在。而孜孜以求者焦虑的不过是机遇。功利之徒四方游走不过是因为机会难得，这和使命无关。有时候使命并不起眼，比如照顾好一个孩子。

往事沉淀于我们的身心，它是现实的，有分量的。孩子之所以轻盈是因为沉淀物较少。圣人净空自己，常人所能做的不过是让其各归其位。这已经很不错了。

生命的确是有原罪的。我们吃肉，伤害他人，以进攻的方式自卫。只有真的衰弱了才有可能言及善，与善结合。善不是别的，就是自愿地削弱、受损，自愿死亡。

不要以为有益于别人，只要不损害别人就可以了。不害人是底线。没有底线，至高的目标也只是一些借口。

区别就在于，有些人无知无畏，有些人自知有愧但还得继续活着。

后者不那么趾高气扬有所收敛。也许，对自身恶的洞悉就是善，除此之外我们并没有其他善的可能。

在动物看来，人大概是魔鬼，是恶魔的族类。

一般而言，我们爱上的是经我们美化的事物，我们厌弃的是我们投射到别人那里的东西。在我之内，这个范围内并无任何菁华。

死不足惜，的确不是什么大事，除了我们自己不堪接受外，亲朋好友自然也会为之惋惜。因为你是他们的一部分，你就是他们。但的确无足轻重，甚至也一无是处。生命（所有的生命）只是无限宇宙中的一声遥远之极依稀莫辨的呻吟，几乎可以忽略不计。但我们不甘于此。

有序的强度令人愉快，混乱的强度比较耗人。

影响力不是一件好事，让你意识不到根本性的贫贱，并且依赖于此。

百毒不侵的世故和万箭穿心的自由……就此分别两条路。

自由的代价就是让你破碎飘摇。世故让你圆满。

凡事要求完美是一种刻薄，和认真做事无关。

认真做事，但应拒绝完美，特别是完美的意识、意欲。

认真做事，但要允许异质因素的介入，无论这是来自上帝的灵感还是凡夫的谬错。这是一回事。

对自己刻薄的人往往会刻薄别人，因为他觉得有这资格。如此一来，他对自己的刻薄就毫无价值了。

……

康复的感觉真好，哪怕是从微小的偏差中。渐渐充沛起来，伤害性的因素就无处可藏了。一个病人伤人伤己是免不了的。宁愿做一个柔弱的健康者，不做一个强大而激动的病夫。

经验和觉悟是两回事。前者形成壳，后者是内部的粉碎和不复存在。

经历怎能不伤害人？如果没有了解，狂喜也会变成地狱。

意外非常神奇，比预感神奇多了。任何好事和坏事通过意外在你的灵魂上打上烙印。意外的增量导致质变。

“孝”的概念的确不同寻常，因为它是反自然的。老人并不可爱，甚至会令人厌弃，但是你要爱他们。爱并不可爱之人是困难的，不仅反自然，也是超自然的。爱老人就像爱穷人，其中并无所谓的浪漫诗意，真实的善而已。

社会生活的至高目标大多由谎言构成，只有底线的确立才能保证不同程度的文明。如摩西《十诫》中的之五、六、七、八、九、十，如今天的不可因言获罪。

遗世独立被指责为逃避社会责任，就像你身在其中便能行善一样。这个还真不能肯定。

过分的自尊是一种负担。为何你就不能在世人的眼中不堪、无能、无德，甚至于轻浮呢？也许不应该要求任何魅力，只求不讨人厌，这才是值得去做的。

爱是道义，是恩义。

伪善是恶，但绝非首恶。首恶肯定是残暴不仁。以伪恶对抗伪善自以为是善，但仍然是伪善。在我们的时代也许伪恶更具审美性，所以会一时风靡，但多了也会让我们失去敏感性，不再能感知对错。

经验算不了什么，是生活过的人都可能拥有的。但他一直在寻找，这种努力和渴望，这种虚席以待、空出和余地才是有价值的。有一天他得到并确认了所获之物是有价值的，没有得到并知道自己没有得到，也同样有价值。我宁愿看见这种追寻的空虚和未果，不愿意看见虚假的满足或漫溢。

“他很愤怒，却异常温柔。”所有这些彼此冲突的品性如果不是轮番发作，在一个人那里合二为一，那真是绝妙。

学习温柔比学习讥讽困难多了，因为我们都是刚强难化的人。

有人见多识广，有人沉浸于黑暗。在黑暗中一无所见，内视不免发生。

需要一种里面敞亮而由窗口发出的光明，不需要那种射灯反照的巨墙大幕。

一切都源于一念

一切都源于一念，善护念很难。这是一念之差的人生，是不断地一念之差的人生。都在谈论对机会的把握，有谈论对念头的把握的吗?

弱肉强食是宇宙法则，但也许还有一条，弱者的肉是有毒的，能置你于死地。是为平衡。

要么臣服于上帝，要么扮演上帝，这是一些人的逻辑。他们是那么倾慕强者。可真实的上帝理应是一个弱者，沉默的羔羊。

优越之物令人赞叹，优越感却是一种卑下的情感。

自以为是很可怕，特别是因为负气而生出的自以为是，有个什么东西挡在中间让你拒绝认知真实。说“不”是可以的，“我不”需要警惕，“我就不”则根本犯不着。

人格神话已经破灭，如今流行的是智力神话。和人格一样，人的智力也是有限的。一个人丧失了智力，在今天是比伪善被揭穿更可怕的事。但人的智力肯定会丧失，因为衰老和死亡。相对而言，伪善不过是某种骗术，不涉及根本。

能揭穿伪善的并不是善，而是恶。只有恶才能与它之外的恶相对抗。真正的善并不运行于这一维度。怎么说呢，它以消解自身的方式消解对方，同时，善也是清晰如实地对恶的感知。感知即转化。既感知对方的恶，也感知我对恶的憎恶。

你希望对方好，以为这事很重要，但如果其中产生了焦虑，那就适得其反了。希望总是产生焦虑，但祈祷不会。为你担忧的人祈祷吧，而不要寄希望于他们。

一箪食，一瓢饮，在陋巷……这不是安贫乐道，简直就是美，是“乐美”。

谎言有时候很真实。谎言掩盖下或者联系着的那个东西很真实。我们甚至可以通过一个人的言说，知道他自己并不知道的东西。实际上大家一向对自己撒谎。

除去对死亡的恐怖，死亡对我意味着什么？除去我害怕死亡的投射，他人的死对我意味着什么？让死和死的各种形式变得可亲可近，也许是一生的任务。

性是本能，但性取向并非本能，虽然它通常植根很深。说到底，这是一个“口味”问题。口味的取舍固化很早，并且难以改变。无论性取向还是口味，都和饥渴的解决有关，但它们并非饥渴本身。

意识是有层面的。在一个层面，我们觉得生命并无意义；在另一个层面，又觉得生活义不容辞。问题在于，哪一个层面是更靠基底的呢？宗教和实证科学哪一个涉及得更深？我并不是说宗教就一定比科学涉及得更深。

趋善和伪善怎么甄别？如果甄别得过分，趋善也变成伪善了。所以我们应该尽可能地相信那就是趋善。此外，任何人间之善都经不起揭穿。

想象也是一种了解。想象凭借一些片段，然而全然的了解就是说，你就是那个东西，已不存在了解的对象了。比如对一棵树的全然了解就是你即是那棵树，这里实际上已经取消了了解。人不了解他的身体，但他的确就是他的身体，并不妨碍使用他的身体。所以说，了解并不一定就是必要的，它和想象同质，都是由虚无的智力构造做作而成。真正的了解不过是感同身受。

……

当你的亲人变成了鬼，你便爱鬼。他活着或者死了，对你的爱而言并无不同。

体力、精力、记忆都将离一个人而去，希望注意力是最后丧失的东西。盯住纵深处的某一个点。佛法讲最后一念，勿至涣散，大约就是这个意思。

劳累，为了休息。喧嚣，为了退出之后的宁静。尽力地活，为了充分地死。我所向往的目前还没有资格拥有。

成名人物极端的崇拜者有两类。一类是无条件地拥戴；一类，则把对方设定为假想敌，试图取代。前者就不说了。后者，付出的心理代价太过巨大，根本不值。

热情只应该表达于你所喜爱的事物上，表达于你所不屑和反对的事情上，观感就有可能变形。在喜爱中才有发现和惊喜，相反，否定性的热情会吸收我们的能量，将我们裹挟而去。

灵魂备感孤独是因为你想象除你之外的所有的人都在狂欢。那么死者呢？事实是，所有的，包括死去的和未来的灵魂都同样孤独。融入这孤独的共时同在你就坦然了。就像墓地总是拥挤的，但也是寂静的。

别人尊重你是一回事。由于种种原因他们不得不尊重你是一回事。在得不到尊重的情况下你仍然尊重自己是一回事。尊重你之内的那个并不是你的无名者是一回事。

中道，就是不落于两边，就是行走在刀刃之上。相对而言，极端主义的平庸是一目了然的。极端主义所反对的东西构成了它的背面，完全脱离不开。

灵魂不灭并不意味我会永生。我的永生有赖于我的记忆，但记忆是可以抹去和消失的。当我不记得我，不灭的灵魂就是另一个人的灵魂了。灵魂或者意识里的那个有关我的部分（或者只是一个标记）决定了灵魂的归属。但，因何非得有这个“我”不可呢？

有一些人就是那么亲切，一切无须多说多解释，其信任让人如沐春风，理解你就像理解他自己，且从来如此。的确有一种情谊有如天赐，不可多得，交流顺畅，毫无阻力。

人的专注几乎是唯一珍贵的品性。专注铲除或者遗忘恶。专注于一己之爱也能产生美。专注开掘深度。专注凝结成艺术品。专注传递精神价值，让后来者苟活。

无不和有相对，和有相对的是负有。无是零，某种感应式结构。从未出生是零，活是有，死是负有。离去也是负有，和死一样，只是死已行至不可还转的远处。

冷静算不了什么，重要的是宁静。宁静，就像它原本就在那里的一个事实。

任何理想主义都比虚无主义坏得多，真正的虚无主义如此之难，如此纯洁。我们通常所说的虚无主义不过是功利主义和市侩主义。

做不能胜任之事，但尽其所能，别人对你的信任便会产生。由于这种信任你就会势在必得。

习惯于工作，但渴望悠闲，这样比较好。反之，习惯于悠闲，但渴望工作，将陷于被动。悠闲永远强于工作，因此需要将其置于渴望的位置上。所有珍贵的东西我们都应该这样放置。

饥饿才有美食，困倦才能睡个好觉，有爱欲对方才会美丽。这不是幻觉，是有其身心依据的同构性事实。

受损而不反击相当于布施。

概而言之，人不是伪善就是伪恶，而且，伪善者不伪恶，伪恶者不伪善。我们力图维护的那层伪装不过是一致性。真实不堪忍受其实就在于，人本质上的分裂和冲突（人即矛盾），一致性让我们看上去多少有些尊严。

········

一个东西已经成形，改变起来很难。修正的过程说到底是完善，而不涉及超越。

若遇事，沟通的要领不在于说服、解释，在于态度的和悦。若无事，则尽可以道尽事情的原委。

奢华让人尊敬，贫贱而心安理得，二者实际上都与物质获取程度无关，是精神施展的诡计。一个人奢华到心中无愧和一个人贫贱到令人起敬，困难程度是一样的，这两种人都不同寻常。

无论幸运或不幸，在被揭示的时候才存在。结果或许并不预先存在，由你的结局而定。看似无关紧要之事，决定了重要之事。焚香沐浴之必要，正因为它们是多余的。很可能存在着一种横向影响，一种非逻辑的因果，不是纵向的先后关系。同时存在的事物之间、因素之间有其比前因后果更神秘的彼此关联。

除了修行者的生活，任何生活想起来都令人悲伤。求生者必死，辉煌者必堕，除非是自愿的，结局无不令人扼腕。我们是多么珍爱自己的所成，多么不愿意。我们不是被毁灭了，而是被不愿意被毁灭给拘住了。

做这样一件事，就是要遭遇一轮轮的否定，没有人会赞同你。这几乎等于福音。并非凭借自信，而是，在无人相帮的情况下，空出了神秘的托底的位置，便有神明现身。信念，而不是自大，更非欲望。需要厘清的至少有这些。

对世界要说是，对自己要说不。

从某种意义上说，凝聚精力是善，发散精力是恶。引而不发，放弃可能，转向纵深幽暗处。

可以盼望，但不要心驰神往。梦断醒来，天地已是全新的了。

只做不得不做的事，只做可顺手一做的事。但应该全神贯注，在使用精力的同时产生精力。

执着的确会引发危机。我们执着于好事儿，也执着于恶劣的心境，尤其是后者。应该离开和斩断，在万籁俱寂的时候回来。

相信和对方无关，也和真相并不一定一致。相信是一种世界观，猜忌也是。透过相信或者猜忌真相呈现出不同的面貌，都得到了真相或者偏离了真相。除去有关真相的因素，相信还得到了别的东西，就是它本身具有的价值。

艰难困厄是一种常态，解救的时机并不能由你把握。所以既不要抱有希望，也不要绝望。物随心转是可能的。

无关可过，无险可守，当一切整理拾掇清楚，就来到了另一边。

在成功与失败、出发与抵达、开始和结束，甚至生与死之间有一些模糊地带。经历的时候不觉得，回头一想不禁泪下。

你虽然是孤儿，但有人养育你，就不是孤儿了。你不是孤儿，但被父母遗弃，就是一个孤儿。孤儿和非孤儿其实是一样的，不同就在于是否有人养育庇护，并不是说你和你的养育者之间非得有某种亲缘关系。孝的奥义不在于血浓于水，而在于来自陌生人付出的致命恩情。父母爱子女或许是出于本能，而反哺却是恩义的体现。孝，用来描述这一逆向性流动。

把你的父母看成陌生人（这属于对本质的洞见），因此对他们爱的付出就有恩义无法回报的观感。

放弃自我，很重要的在于放弃我的时钟，要配合存在具有的宏观节拍。在时间里流浪一如在空间里流浪。

不要过于谦虚，不要过于急切，不要过于亲密，不要过于畏惧。

枯槁者未见得没有生命力，未见得气场不大。鲜亮者最易腐朽，枯槁似乎已经越过了朽坏的环节，趋向于永恒。一张枯叶、净尽的白骨等等。

一件事如何变得具有“历史感”

一件事如何变得具有“历史感”？就是经历了诸多有关和无关的折磨，停顿、转折、偏差、错失和更改，磨损剐蹭，总而言之是疤痕累累不再光洁。如此才会有一种别样的美（包浆？）。物和人一样，和事一样。但这些果真是必要的吗?

不幸不在于我们无法预测未来，而是，无法以终结的观点回头看。至少在当时不能。我们看得见万物的生长、努力和挣扎，却看不见无论成败的徒劳无功。生活着和生活过不是一回事。生活过和看见生活不是一回事。什么时候你才能看见生活就像看见了死亡?

克服困难和险阻，会带给我们一种虚假的成就感。这也是很多难办之事具有魅力甚至魔力的原因所在。但实际上你可能已经偏离了目标，早就离题万里。

不仅虚荣会刺激人，困境的克服亦然。有些是和要做的事情无关的，但也许必要。就像性快感的存在是为了繁衍目的的交配。

攻城拔寨的雄心和虚荣一样令人陶醉，虽然无聊，但可能不无重要。也许这是原动力的一种。当我们发动起来，便可以用这种虚张声势完成需要全力以赴才能完成之事。这就是所谓的状态。在一种状态里，因受到刺激，力量发生了几何级数的变化。

努力精进，但尽其可能地虚无。这大概就是释迦牟尼告诉我们的最不可思议的真理。

········

真理无条件，但触及真理并非无条件，太有条件了，以至于苛刻无比。凭借一己之力立于虚无，或许永无尽头，就像背靠真理一样待在并无真理的真空渺茫中，不倒下去。

令人绝望的是，我们身处梦境而不自知，也因为在这梦中我们是井底之蛙，双重的局促。既没有不同的维度，在一个平面上移动时还画地为牢。这就是为什么，就算你有机缘行于天际仍然像在地面爬行。天才的狭隘常常令人更加惋惜，愚者的辽阔反倒有可能翻盘。

敏感相当于智慧，但仍需要力量。力量第一义，无论行善还是作恶。作恶者需要抱必死之心，行善者常怀已死之念。后者显然更需要力量。

节奏不来自转折，来自间隔。需要重视生命中大大小小的间隔，休息、失败、归零，结束或更替。日与夜的转换，生病以及一些生活中的变故都是提示。中断和空出是可以依赖的动力之源。持续不断的人生既可怕又危险。

在无聊中，我们想做事情，但由于精力不济，刚开始就疲倦了。于是我们就想做一件立刻便能看见效果的事。效果可以稍稍刺激你一下。开始于无聊，维持于虚荣，终于力有不逮。大概就是这样。

………

在我看，基督和佛陀是量子纠缠，而不囿于逻辑矛盾的范围。

人是自毁者，却不能自知。并非是毁于一旦，而是消耗于日常的不可遏制的积习中。与其和习性争斗，不如探测根本并且加以挖掘。

局外人的客观不及异乡人的敏锐。

二元对立根植于人的生理层面，好的 / 坏的，有利的 / 有害的……高下之论则根植于人的社会层面，上等人 / 下等人，贵族 / 贱民……基于人之本能（社会性也是人的本能）的思维方式有很多变体，尽管冠冕堂皇，仍然是有条件的，囿于人的生存局限中。

因导致果，从果可以探知因。因果关系是时间之维中事物间的连接方式。若无时间，只存在事物以及事物间的分别，混合成一个无运动方向无结构的整体。因此承认因果就是承认事物间的连接，承认部分与整体结合的必然性。偶然性则是一种局部描绘，意指缺乏和整体的关联性，游离于时间。

不存在错误的因果，只存在对因果的错误认知。或许，恶有恶报就是一种对因果的错误认知。看清因果不是一件简单的事。

转变立场就是转变视角，从另一个角度看同样的事。这不仅是智慧，也是一种仁爱。

你可以静静地感觉到一个去处，如果试图超越，便碰到了墙壁，被弹回比原来更落后的地方。即使有所抵达，也和错失无异。让静穆的风景席卷而去。

虚度者悠然自得，没有这份悠然就不是虚度，是浪费生命。浪费生命的人往往焦躁不安，行为上狼奔豕突。专注者安静，其努力也不等于咬牙切齿的奋斗。度过时间是此生的主题，区别只在于主观心态，不太赞成用做事和不做事进行划分。也许虚度和精进在求仁者那里可以合二为一。

食色，性也，但并不一定是生命最深的渴望，还有被抚慰、和同类互动、游戏、创造以及被需要，这些渴望亦植根很深。

我为何而活？为被爱、被喜欢、被认可，不可或缺？这些是否也是很深的渴望？这里也许存在着一个转换，主动地爱、喜欢、认可和承认自己其实并一无所是。

说是很重要，其诚信的前提是，对自己说不。

………

不对任何人寄予希望，只需要信任。倒过来说也成立，只对信任负责，而拒绝任何人对我的希望。

有一种观感，别人的生活让我去过，定能过得圆满自在。唯一过不好的是我自己的生活。问题究竟出在哪里?

能否不从结局了解这必然的因果，而从因的这头瞭望到将来？理应丢掉幻想，没有例外。没有幸运和恩赐，没有漏网之鱼。

人之刚强、顽固超乎想象，甚至极端境遇也无法使其改变。

自我是某种虚拟的中心，总觉得万物拱卫之并为其服务。但这个点作为调节器也许是有效的。调节自我，以求自我周边的平静。你身处的世界是目的，而自我是方法、手段，并非相反。

精神生活的首要因素是注意力。它不仅给出方向和目标，也是实现目标的能量本身。你注意什么你就爱什么，注意就是爱。选择和规划注意对象，把注意力从无关紧要中转移出来，将涣散的精力集中一处，这些能力和技巧都至关重要。

精神深度不取决于知识，不取决于思辨，也不取决于丰富多姿的极端生活。它是触及根本地对关系的了解和洞悉，体验上的敏感加上尽可能的理解天赋。深度在某种意义上约等于幅度、广度或者另一维。

一个平凡的人能获得的最大的好处就是独处。圣人不然，时间不属于自己。既是平凡之人又被各种事务左右是很不值得的。既是圣人又号称出离世间也名不副实。

虚的东西很实在，带着这份分量去生活，滞重的现实也可以相对轻松。死者、离去者、爱和神明以及不可见的因果。

对真理的敌意有时出自对伪善的厌恶，有时则出自一种忌妒："怎么可能有比我的发现更了不起的东西呢？"

轮回不是安慰剂，是一种更为辽阔的理解景观。将理解扩展到生死的区间之外、一己肉身的生存之外，寻找关联和意义。

当我目睹他们活剥水貂皮，至少在那一刻不可能不相信因果报应。痛苦和爱恋的情感释放于宇宙空间，不可能消散于无形，不可能没有痕迹。不可能不转化。

根据现实深感虚无的人很真实，但固守虚无据此行动和判断则有待商榷。

《道德经》不是辩证法，而是因果论，至少是此世间的因果论，虽无善恶果报的跨越性视阈，但在何者为善何者为恶的辨析上却更加明晰。例如无为而无不为，无为是一种善，无不为也是一种善，因一种善而导致另一种善。再如企者不立，企者是一种恶，不立是一种恶，一种恶导致另一种恶。

有堕落者，也有行进在途中的人

有堕落者，也有行进在途中的人，但没有位于中间坚定不移的人。

所谓修行就是灵魂的实战训练。在日常生活的修行中，就是在每天的负面甚至极端的情绪中屹立不倒。灵魂的养尊处优不是修行。

应该避免任何形式的炫耀，不仅不要问“别人会不会因此而尊敬我”，也不要问“他们会不会因此小瞧我”。有功和无过都不要在意。

耶稣的登山宝训震撼人心，因为是一种预言式的祝福，因为如此不由分说，因为它是来自纯洁者的许诺，和世间的道理完全不同、相悖。也在于它是由一个人宣说的，便有了具体生命的生动。

因果是真理，至少在可知的范围内。在不可知的范围内，我们无法了解因果的运作，犯错的是自以为是的解释，而非因果机制本身。在可知的范围内，因果却是异常分明的。

在因果这件事上，我们要知道并没有例外。行为一样，结局必然一样。我们的自恋在于，认为可以不一样，或许可以不一样。这不过是自我中心所导致的谎言和自欺。

你想要得到什么结果，或者想避免什么，那就得知道该做什么和不该做什么。不想重蹈覆辙，就必须与那些人所为不一。问题也许或仅仅在于，力量的匮乏。力量第一义，但它从何而来？也许信仰是一途，集体氛围和外在约束。恐惧也是一途。例如有的人自打被确诊为癌症，从此洗心革面，整个生活方式都改变了。还有其他的力量之源吗？

真正令人心力交瘁的东西，不过是软弱，缺乏力量。所谓天生丽质就是力量和智慧相当，相互支撑。

没有别的世界，你目光所及的范围构成了你的世界，在这个世界中你努力获得重要性，却以为是世界的重要性。至少你会有一种幻觉，觉得你所在的世界是比较重要的。殊不知，大全之世界是没有中心的，一个人的重要性如果有，也早已隐含在与万物平等的微不足道中。

客观的意思是事情在我们的外面，这并不等于我们在事情的外面，后者是置身事外之意。我们以前是待在里面的，但由于种种原因从中抽离了。比如家人遭遇不幸，或者亲友有难，我们却只是隔岸观火。这绝不是客观性，而只是逃避（主动的）或者幸免（被动的）。我们的主观情绪不可能不牵涉其中。

无论如何，最大的恶是暴力（肉体的、精神的、语言的），伪善次之。虽然伪善令人厌恶，但以暴力应对仍然是不合适的。况且义正词严的暴力就是伪善。

……

最好是和这个世界没有关系，或者，在脱离关系以后再建立一种关系。就像死者看着他生前的世界，我们有必要看向群星，那些死去的光芒和图案。生活在一个没有隔绝和距离的世界中，被激起可怕而愚蠢的欲望、虚情假意以及愤怒，我们会被这种“身不由己”压得喘不过气来。

欲望不是直觉。在大多数情况下我们的行动由欲望推动，但冠以直觉之名，二者有必要厘清。直觉能告诉你很多东西，但并不提供行动的动力。实际上，只有真正的清心寡欲的人才可能按照直觉行动。但他往往不动，因为已失去了动力。

父亲节。我是心中有父亲的人，得知道不是重复他的命运，而是要活得好、心思明亮才是他愿意看见的我。所以要争取做到。

爱不仅是欢乐，也是悲伤，不仅是悲伤，也是欢乐，如弘一临终所题“悲欣交集”。世俗生活中有纯洁之爱的蜕变形式（如男女之爱、亲友之爱），我们也能体会到两种冲突情感的集合涌现，甚至超越二者之上的意蕴。慈悲亦然。慈悲就是东方之爱，基督之爱就是佛陀的慈悲。因此人生的目的并不在于追求快乐幸福，而在于寻觅结合它的对立面时所产生的聚变，所谓的意义由此给出。那是一瞬间或者持续经年，你能感觉到各执一端的情感融洽无间彼此渗透，就像一生精神历险的浓缩，都在其中了。甚至浓缩的是整个造物众生的情感，不再分裂，交融于一。

人若把一切计划得太周详，就是拒绝超自然或者命运的干预。人生的计划是一张草图，具体的实施应该追随冥冥之中的力量。写作同理。

世界上有各种妖魔鬼怪，各种心魔，各种刚强，只有如同虚无一般深广的爱才能勉强化之。应该祈求的平静无非是一无所有，一无所是。

上帝即神，神即神秘，神秘即隐匿。在此意义上，我肯定不是一个无神论者。但在我这里神明的形象类似于虚无。

发现自己真的不热爱生活。但我热爱热爱生活的人。这是我热爱生活的方式吗?

愿望，加之以静观，这就够了。行动不应该在时机出现之前，心理启动更应该靠后。我们所做的恰好相反。

愿意看见别人活得津津有味，我只想活得有条不紊。

仇恨是需要克服并且战胜之的，不恨真的不是一个决定。比如所爱的人被无辜杀害，你的灵魂岂能不受伤呢？落入深渊是肯定的。站起来首先得面对真相，面对灵魂受伤所造成的黑暗空洞。也许在暴力面前需要的是人性的刚强，而不是软弱的自欺。

……

总是原谅自己。总以为会有一个全新的开始。总是屈从以为只需一声断喝就能驱散的心中的魔鬼。人生如梦不可怕，可怕的是这梦不成形，涣散零落就像昏迷。

你无法对作品里的人物言说，只能听他们说。死者看我们大约就像看作品里的角色。我们看世界如果能这样就好了。禁止施加影响，也不受影响，同时又能亲密与共。

一开始大家的差别不大，辨识度不高。后来，就秉性相异了，怪癖和固执凝结成不可撼动的自我。还是尽量做一个无个性的人吧。

伤感是轻度的空虚，似乎可以玩味。但经由此途，情绪的浓度会增加，以至于不可控，成为某种货真价实的苦楚。而所有真正的苦楚都难以安慰。

也许，自信与否并无关紧要，但人的确是由他人的信任塑造而成的。

某些时候，你需要的并不是建议或者意见，需要的只是信任以及实际帮助。

人最大的能力是模仿。因此当你走投无路，就模仿一位寂静者；当你春风得意，就模仿一位谦卑者。渐渐地就以假乱真是那么回事了。因此基督信仰要求信徒活成耶稣地上的影子。

将身体拆解为原子，心溶解为心流，如何组装是另一回事。

视觉上的焦点误导了我们。我们是向着一个方向而去的，而不是一个点。世界便豁然开朗。

觉悟者，有人靠天性，有人靠智慧，有人靠努力，有人靠忠诚。

一个落魄的和平主义者几近于圣人。

在两极分化的世界里，富贵是有原罪的。

富人应该有适当的羞愧感，穷人需要稀释怨恨，这是我对修养的理解。

骗子总是说得很多，且通俗易懂，或者说得佶屈聱牙，总之是说得很多。

越是动荡，日常生活越是必要。保持自己的节拍以呼应整体节奏。如果有可能的话，坚持做每天必做之事。

不要试图摆脱时间，也不要追逐它，与其合一。

诚实的自我约束的虚无主义是精神生活的清洗剂，也是解毒剂。

……

为什么关于真理只有一种说法，一套语言？重复和捍卫这种语言的陈词滥调就像捍卫真理本身。至高至上的真理真有那么脆弱吗？

有人在生前就写好了自己的墓志铭，这很怪异。

除了供养自我，我们总得剩下一点什么供别人使用。如果你以自恋的方式吞下了整个自己，对世界而言就成为多余。

读《寻访终南山隐士》，文字一般，但事情应该属实。很羡慕那种孤绝的生活。今天又从别处读到，茅棚里每年自杀的人不在少数。事情应该是这样的。完全的孤绝不是演戏，是死而后已的慰藉。

薇依的财富不在于容貌，也不在圣徒之行，她既非梦露，也非特丽莎修女，这两方面对她的解读都是浪费了珍贵之物。薇依是真实的思想。当然，既然思想是真实的，就体现为知行合一，既实践了知行合一，就有难以遮掩的容颜之光。我们只有不倒因为果，通过阅读才能了解这笔财富的性质以及正确用途。

奥秘的敞开是一个意外，诗的灵感是一个意外，猝死（各种死亡或中断）是一个意外。应该坐等幸运的意外，练习不幸的意外。

在孤独虚无中，我们和伟大的存在对话，我们感受到来自他关切的一瞥。这是幻想出来的安慰，还是一种真实？就像在阅读中你看见角色、人物的绝境、孤苦和黑夜，只要他们沉默以对，就如此之美。也许，也有谁这么阅读着我们。

一种深刻的思想我完全理解但无法说出，其原因就是，我把它作为对我存在的解释，而非出自我的存在。

“狐狸有洞，天空的飞鸟有窝，人子却没有枕头的地方。”某种居无定所的生活，可消除对于家庭的执着，这也涉及人生的真相，我们都是过客。

多年来学会的一项义务是，站在死者这一边。

········

(有关小查理事件[1])

人都有无法克服的道德困境，无论你如何选择都是错误的，甚至也没有“错误较小”的安慰。我们无法在所有的事情上做到心安理得。有时候这些事还事关紧要，无可搪塞。具体到小查理一事，其难题就在于当事人无法自主。现代社会，我们把自主权看作是神圣的，只要不危害他人，我们对自己所做的一切都是被允许的。实际上这是一种无可奈何，一种具有实用价值的意识形态。在小

1 2017年7月28日，身患罕见遗传疾病的英国男婴查理·加德在移除生病支持设备后去世，年仅11个月大。此事曾备受英国民众和国际社会的关注，并引发了关于“安乐死”的广泛讨论。

查理事件中，当事人无法自主，就把这道德责任或者说重负推给了我们。我们有义务帮助别人结束痛苦，同样，我们也有义务帮助别人延续生命并寻找解除病痛的希望。在某个时空的交叉点上，这两项作为人的义务却暴露出我们的本性，一半是魔鬼一半是天使之真实的人性暴露在我们的无能中。除非我们是全能的，否则就无法不承担某种程度的罪恶。如果真实地面对选择，而非社会议题的讨论，哪怕局限在你个人的生活中，完全的纯洁和无辜是不存在的。甚至于，有时候承担责任就是承担罪过。只有自欺的人才有可能完全清除内心的纠结。

只要是人就无法解脱，尤其是那些想拥有所谓高峰体验的人。大喜必有大悲，站在山巅的人会堕入无底深渊。两极的强度是联系在一起的，像量子纠缠一样地互为因果。功名、佳偶、金钱、不朽，这些都是一极，不仅无法摆脱另一极的威胁，某种意义上还直接是其原因。所谓尘世的幸福，如果有，也是在尽量小的幅度内振荡回旋。

春风让人伤感，只因生机之故。想念逝者、离去的人，他们是一些空出的位置，和我并行于斯。他们就是或者已经化作了这流动的无形的广大。

做一件事，合作的人很重要，不能有习气，要有合作的热情。价值观也应在一个大致相同的范围内。最后才轮到能力。但有了前三者（无习气、有热情、价值观相同），又岂能是无能之辈？相反，前三项中若有一项不达标，于我而言对方的能力就是负数。

如果我的身体完全失去自控，如果我命悬一线，如果我浑身痛楚，必然会启动我最原始的自私本能，抓住亲人的手将其拖累。如果你真是我的亲人，就会知道那不是自私。

对人对己，很难做到基本的公正。有时理解力上能做到，但情感、心理上做不到。另当别论的视角是我们无法超越的原因。

2019年4月3日 修改、整理

后记

这些言论均来自我网络上的即兴发言，时间从 2010 年到 2018 年。

网络言论一般是反应式的，有较强的针对性，整理时我有意识地剔除了时间背景，希望其指向能在更为抽象的意义上得到理解。原始言论亦有明显的“战斗”意味，火气很大，在这点上也进行了处理。其中也有不少言论属于表达性的自言自语，记录了思考的痕迹，这一部分修改较少，基本保持了原貌。

一开始我并没有想到将这些言论结集出版，由于友人们一再建议，这才决定做这件可疑之事。我总觉得整理自己的言论和自我阐释作品一样，不是一个写作者的本分。但盛情难却。好在整理的结果让我觉得这本书也是可以一出的。

书名比较难起。《言论集》《语录》之类的就没有考虑了。最后以《五万言》勉强名之。“五万言”就是五万个字。全书字符数五万多，不算是走题。

本书的写作可说是历时九年，一些观念已不能代表我目前的思考。有些表述也是彼此矛盾的。比如“对世界要说是。对自己要说不”和“接受我的现实，但不接受世界的现实。接受就是解放，不接受是希望所在”，二者就有显然的冲突。由于当时说话的语境不一，针对的问题不同，脱离言说背景后，字面上的逻辑就互相矛盾了。两条言论我都选择了保留，是希望它们独立呈现时可能具有不同的启发性。再者，冲突和矛盾就是我们的精神现实，也许并无须加以掩饰。呈现冲突也就是提出问题，而有问题和质疑可望带来思考上的深化。

下面是感谢。

曹寇。我开始“网络书写”三年后他就建议我整理成书，并提出帮助我众筹出版。

于坚。主编《诗与思》时向我约稿，因没有合适的文字，于坚就让我选编一些网络言论，促成了这些言论的首次纸质出版。

北岛。每次见面都会提及这些言论的结集一事，一再督促我。

毛焰。也是反复督促我的朋友。2018 年四方当代美术馆举办“毛焰　韩东”展览，一部分言论就是在他的建议下作为我的作品展出的。毛焰亲自设计，使其“作品化”。

沈浩波。建议我将网络言论结集成书，交他出版。我虽然答应，也尝试整理，但由于重写的难度失败了。没想到浩波紧盯不放，再一次提醒、催促我，这才使我下定决心最终完成了此事。

此外，还需要感谢里所、懒懒、魏思孝、慢三、钟岚，在此书的整理、出版和征求意见的过程中提供了诸多无私的帮助。

韩东

2019|04|07

韩东年表

1961 年

5 月 17 日出生于南京，父亲韩建国（方之），母亲李艾华。

1978—1982 年

就读于山东大学哲学系哲学专业。

1980 年

于《青春》杂志首次发表诗歌作品。

1981 年

获《青春》杂志“青春文学奖”。

1985—1995 年

主编民办刊物《他们》，共出 9 期。

1992 年

出版诗集《白色的石头》。

1995 年

出版小说集《树杈间的月亮》。

1996 年

出版小说集《我们的身体》。

1997 年

出版诗文集《交叉跑动》。

获“刘丽安诗歌奖”。

1998 年

出版散文集《韩东散文》。

参与发起题为“断裂”的文学行为。

2000 年

出版小说集《我的柏拉图》。

2002 年

出版诗集《爸爸在天上看我》。

2003 年

出版长篇小说《扎根》。

2004 年

获“华语文学传媒大奖”年度小说家奖。

2005 年

出版小说集《明亮的疤痕》。

出版长篇小说《我和你》。

获《晶报》“最佳专栏作家奖”。

2006 年

出版小说集《美元硬过人民币》。

2007 年

出版小说集《西天上》。

出版思辨散文《爱情力学》。

2008年

出版长篇小说《小城好汉之英特迈往》。

应贾樟柯邀请，完成电影剧本《在清朝》的写作。

《扎根》英译本（Nicky Harman 翻译）获曼氏亚洲文学奖提名。

2009年

出版小说集《此呆已死》。

《扎根》英译本出版。

《小城好汉之英特迈往》韩文本出版。

获高黎贡文学节“评委会主席奖”。

2010年

出版长篇小说《知青变形记》。

《扎根》再版。

《我和你》再版。

《小城好汉之英特迈往》获“金陵文学奖”。

2011年

出版随笔集《夜行人》《一条叫旺财的狗》《幸福之道》。

获《十月》杂志诗歌奖。

获《晶报》之“畅想文学奖”。

2012年

出版中英文对照版诗集《来自大连的电话》。

《扎根》日文本出版。

《扎根》意大利文本出版。

《爱情力学》再版。

2013 年

出版诗集《重新做人》。

出版长篇小说《中国情人》。

获“珠江国际诗歌节”大奖。

获《长江文艺》杂志优秀诗歌奖。

2014 年

获《新世纪诗典》“李白诗歌奖·成就奖”。

2015 年

出版诗集《韩东的诗》。

出版诗集《你见过大海》。

出版诗集《他们》。

2016 年

出版长篇小说《爱与生》(原名《欢乐而隐秘》)。

出版小说集《韩东六短篇》。

导演电影《在码头》。

获《诗潮》杂志“年度成就人物奖”。

电影《在码头》获“后天双年度文化艺术奖”。

2017 年

法文诗集 *soleil noir*(《黝黑的太阳》)出版。

电影《在码头》入围釜山国际电影节新浪潮单元。

电影《在码头》入围平遥国际电影展新生代单元。

2018 年

出版诗集《我因此爱你》。

获长安诗歌节“现代诗成就大奖”。

展览“毛焰　韩东”在四方当代美术馆举行。

执导话剧《妖言惑众》，首演。

2019年

电影《在码头》获休斯顿电影节“雷米奖”之导演金奖。

获《钟山》杂志“钟山文学奖”。

图书在版编目（CIP）数据

五万言 / 韩东著. —成都：四川文艺出版社，2020.3（2021.7重印）
ISBN 978-7-5411-5582-6

Ⅰ. ①五… Ⅱ. ①韩… Ⅲ. ①散文集—中国—当代 Ⅳ. ①I267

中国版本图书馆CIP数据核字（2020）第023865号

WU WAN YAN
五万言
韩东　著

出 品 人　张庆宁
责任编辑　陈雪媛
特约监制　里　所
特约编辑　李柳杨　胡瑞婷
封面设计　周伟伟
版式制作　书情文化
责任校对　汪　平

出版发行　四川文艺出版社（成都市槐树街2号）
网　　址　www.scwys.com
电　　话　028-86259287（发行部）　028-86259303（编辑部）
传　　真　028-86259306

邮购地址　成都市槐树街2号四川文艺出版社邮购部　610031
印　　刷　河北鹏润印刷有限公司
成品尺寸　140mm×210mm　开　本　32开
印　　张　5.5　字　数　123千
版　　次　2020年3月第一版　印　次　2021年7月第三次印刷
书　　号　ISBN 978-7-5411-5582-6
定　　价　59.90元

磨 铁 读 诗 会